妳的爱情，我在裡面。

by 橘子

Embedded in Your Love

（橘子作品）

20

幸福，從來就不是一個人的事　我們，卻總是自己就做了

喜歡是友情，愛則是愛情　而我，喜歡妳，也愛妳，可否，妳的愛情，我在裡面　因為，有些人，錯過了就是錯

而妳，則是我，不願錯過的那

【自序】

說破嘴也說不夠的，感謝。

一開始被問到是不是能寫個續集是《幸福，不見不散》這本書，很想知道他們後來在日本的生活是這些詢問的共同原因，不過坦白說我並沒有這個打算，因為我自己覺得不見不散的結局已經足夠完整，我不想再寫一部柴米油鹽的續集來煩各位，但我衷心的感謝支持、以及這麼詢問的各位，衷心的。

順便by the way一下，一年365天，沒有一天我是不感謝支持橘書的各位，因為如果沒有你們的購買，就不會有如今的我以及橘子作品集，這句話已經被我說爛到活像戀人們常掛在嘴邊的我愛你——「我愛你、寶貝，但我們能不能轉台別看政論節目？」這樣，不過確實就是這麼一回子事沒錯。

說破嘴也說不夠的，感謝。

隨著每本橘書幾乎都被這麼一問之後，寫個續集的這念頭開始在我腦子裡紮根，於是我在部落格發了篇調查問問最想看哪本橘書的續集，不過幾個月後的今天，我得有些沒禮貌的承認：其實在發完調查的當下，我就決定好了會是《妳的愛情，我在對面》的小澈篇。非常過意不去我這個人總是過度行動派以及自我意識過剩，不過也是是。

因此，我才走上作家這條路而且走到今天，不是嗎？

希望能寫給小澈一個幸福。這是我寫這續集的初衷，然而寫著寫著，我發現自己更喜歡這次的小澈，他的改變，他的成長，還有，他的學會堅持及坦率；所以、是的，我們不用再諜對諜了，這次是個 happy ending，無論是對於小澈，又或者是這次書裡首次嘗試的女主角類型張嗳晨，都幸福，會幸福。

還有、是的，這本書也不會再有續集而就此打住，畢竟如此沒完沒了的《妳的愛情，我在上面》《妳的愛情，我在後面》……如此這般沒完沒了也未免這個那個。

最後、是的，我們都要幸福。這裡指的幸福，並非考高分、賺大錢、發大財、愛好人……而是心態上的，幸福。

橘子

第一章

早知道羅志祥剛好這個月又發新專輯的話、我就不回台灣了，推著行李走過機場大廳時，耳邊就一直聽到周圍竊竊私語著：「羅志祥耶！」「怎麼一個人？」「本人感覺好兇！」實在是很煩；就這麼不耐煩的走出機場，連手機都還沒來得及撥出時，眼前就傳來小瑱的尖叫聲：

『啊~啊~羅志祥！』

「妳很無聊耶。」又氣又笑的、我說，接著視線移向站在小瑱身旁的爸爸，我點頭：「爸，我回來了。」

『Welcome back Taiwan.』

忍不住的、我吐槽：

「我才出國一年，也不用就開始跟我說英文吧？」

『呵。』

『還是這麼沒大沒小啊、我家小少爺。』

「囉嗦。」

『哈～～先讓姐姐抱一下嘛！一整年沒看到你，好想念哦～～』

笑著掙脫開小瑱的擁抱，我說：「快上車啦，累死了。」

『這小子……』

上車，開車，手裡握著方向盤，爸爸從後照鏡裡望著我，問：

『肚子餓不餓？要先回家放行李還是先去餐廳吃晚餐？』

「先回家隨便下個水餃吃就好了，我想洗個澡然後直接睡。」

『遵命！小少爺！』

「怎麼一年沒見，我姐還是這麼幼稚啊？」笑著傾身巴了一下小瑱的後腦袋、引來她一陣嘟噥之後，我問：「我的準姐夫還是同一個嗎？」

『真是抬舉囉，問得你老姐我彷彿多有行情、一大把人等著追似的。』

「想太多，我是問他有沒有落跑。」

『謝你哦！』嘖了一聲，『倒是沒想到你真的會回來耶，那時候在電話裡聽到你答應要回來時，我還心想你一定只是敷衍著想掛電話而已。』

「我有那麼沒感情嗎？」

『就是有啊。』

嘖。

『直到剛才和老爸在等你的時候，都還認為今天是會白跑一趟的呢。』

聳聳肩，我沒回答，雖然我很想告訴小瑱、其實喬喬結婚的消息只是剛好給了我一個回台灣的藉口，不過不知道為什麼結果我還是沒有說；但確實想要親眼看見喬喬穿上婚紗的模樣、想要親口向她道聲祝福並不只是個藉口而是個心願。

未了的心願，內疚的掛念。

『參加前女友的婚禮是什麼感覺啊？看你好像一點都不感傷的樣子。』

回過神來，小瑱問。

想也沒想的，我回答：

「她又不是我前女友。」

『也對……』

看到小瑱欲言又止的表情，這我才發現她八成是誤會我的這句話：她又不是我前女友。才想解釋些什麼的時候，小瑱轉身遞來一張羅志祥最新的專輯《舞所不在》：

『吶，送你。』

「妳可不可以換個新梗啊？」又巴了一下小瑱的後腦袋：「冷死了、這老梗。」

『嘖！沒大沒小。』把專輯硬塞到我手裡，小瑱低著眼睛，說：『這是云瑄託我轉送給你的。』

「哦。」

『她不當編劇了，而小天也退出演藝圈了。』

「哦。」

『他們合開了一家居酒屋，在基隆，好像暖暖的樣子。』

「哦。」

『生意很好哦，畢竟是明星開的店嘛。』

「哦。」

『找個時間一起去吃晚餐吧？云瑄很掛念你，一直掛念著你。』

「哦。」

可能是為了掩飾尷尬吧，小瑱以一種不自然的開朗口氣繼續往下說去：

『她懷孕了，上個月才打電話來通知我要當阿姨了，真是沒禮貌，居然沒經過我同意就害我變成阿姨了。』

「哦。」

『不過還沒結婚，因為是意外懷孕的，而且店裡生意還忙不過來，所以打算明年冬天左右才辦婚禮。』

「哦。」

『云瑄本來是希望能親自告訴你，但我想——』把本來要說的話打斷，換了口氣、小瑱微慍的說：『就這樣？一直一直的哦？』

「不然要怎樣？」

『小澈！』

嘆了口氣，小瑱為難的說：『當初是你自己要退出的，選擇離開的人是你。』離開的人是我，決定的人是我，我知道，但是那又怎樣，這樣就能不愛不在意了嗎？我……

「我又沒說什麼。」

『就因為你一直只是哦哦哦的沒說什麼，所以才表示了什麼。』

我沉默。

『她和喬喬還是不一樣，是不是？』

沉默。

『你還是放不下她，對不對？』

對。

『你這樣怎麼跟她見面？跟他們見面？』

「我又沒說要去找她。」

『小澈！你對她很重要、你明明就知道！你還——』

『到了。』

踩下剎車、爸爸說，恰到好處的打斷我們即將的爭吵、沒有結果也不會有結果的爭吵；轉過頭我望著四周陌生的街景，疑惑的問：

「我們搬家了？」

『是我搬家了。』

小瑱說。

『因為順路，所以我就先……』爸爸囁嚅著說，然後聲音越來越小，於是我才發現，我現在的表情很兇。『本來是想先去餐廳我們三個人吃頓飯聚一聚，可是你說——』

「我怎麼知道——」

『要不要上來喝杯咖啡？』打斷我，小瑱說，『順便叫老爸下水餃給你吃。』

「那先去餐廳吃飯好了，繞一段路又沒差。」

『不要，我改變決定了，聚會要選在云瑄他們的居酒屋。』

「小瑱！」

『小澈、先上去吧？啊？』

爸爸緩頰的說，而我嘆了口氣，我妥協。

停車，上樓，他們的家。

當老爸在廚房裡忙著時，坐在餐桌旁聽著小瑱說起這我缺席的一年，於是我才知道，原來去年準姐夫向小瑱求婚了，甚至就是連房子都已經買好了就等著小瑱搬過去；因為不知道該怎麼拒絕、所以只好以先同居看看來拖延。

『這點我倒是和你一樣，對結婚沒什麼好感。』小瑱說，不過表情卻是掩不住的甜蜜，『不過反正這裡離我們公司也比較近，走路就到，省得他每天還塞車來接我上班。』

「他咧？」

『還在加班咧。』

「哦。」

轉頭我環顧著這約莫三十坪大的空間，三房兩廳的空間，兩個人住太大，小家庭住剛好，顯然準姐夫當初在找房子時就決定好了要預留小孩的房間；這種人當我姐夫應該是一件讓人放心的事情，居家型的好男人，會下廚，好脾氣，而我是該替姐姐高興的，她遇到個愛她疼她讓她的好男人，是該替姐姐高興的，可是當我環顧著這整個裝潢成華麗風的公寓時，我的感覺卻是內疚——以前我從不允許姐姐這麼佈置我們家的，因為我會覺得很煩，我喜歡簡約的空間、然後堆著亂中有序的物品，我——

姐姐一直是讓著我的，我們的脾氣都不好，而且我們都固執，可是她讓我，她一直是讓我的；而現在，她有了自己的家了，而家、是她想要的樣子。

是該替她高興的，當然。

不知道他們的家是以誰的喜好佈置呢？不知道他們的居酒屋甚至是他們的小孩……

低頭我喝了口咖啡，嘴裡出現的不是咖啡的苦卻是心底的酸，遠走高飛的這一年來，濃度依舊的酸。

——當初是你自己要退出的，選擇離開的人是你。

是啊……

——你對她很重要、你明明就知道！

是吧？

『我先送你回家吧？你也累了、就早點休息吧。』

在回家的車上，爸爸說。

「你還要回餐廳？」

『是啊，最近餐廳很忙。』

「生意這麼好啊？」

『也是啦，不過主要是忙著開分店的事。』

「哦。」

『小澈……你接下來有什麼打算？再去美國還是留下來？』

「還沒想好。」

『如果是選擇留下來的話，分店就乾脆讓你來經營吧？』

「再看看吧。」想了想，我決定還是問：「爸，你會再婚嗎？」

『呵，我們在一起也十年了。』老爸笑了笑，笑裡有感傷，『而你媽走了也快二十年囉。』

「不用顧慮我。」

『嗯？』

「如果你們打算結婚的話，不用顧慮我。」

『總是放心不下你一個人生活啊，小瑱現在又幾乎是嫁人了，只剩下你一個……』

一個人。

回到一個人的屋子裡，洗過澡之後，我沒回自己房間裡，反而是躺在小瑱的床上。

回憶還在啊。和那傢伙的回憶，在那房間裡……

轉身把臉埋進枕頭裡，耳邊我聽見電話響起，連看也不必的、就猜到會是誰打來的電話。

云瑄。

果真。

我沒接電話，讓它就這麼一直響到放棄的沉默，十八響，我算著；把聽筒乾脆拿起來好圖個清靜之後，起身我把她送我的專輯從背包裡撈出來放進音響裡從頭聽到尾，其中有一首歌緊緊捉住我的思緒；伸手，我是要自己關了音響別再聽這〈我不會唱歌〉，可是連我也搞不懂的是，我按下的不是off，卻是repeat。

我努力唱完這歌　我忘了破音沒有
你心裡觸動的　下一首　已經不是我

我努力唱到嘶吼　我不怕剩我一個
只要你能記得　這首歌　給我最愛的

詞／馬嵩維　曲／阿沁

》第二章《

本來我以為喬喬在電話裡揚言喜宴會特別安排一張前男友桌的這件事情只是個玩笑話，結果沒想到她居然是玩真的。

「這玩笑開太大了吧，新娘子。」當新人在席間敬酒時，我忍笑不住的向喬喬低聲抱怨，「都不怕新郎吃醋？」

『我哪可能笨得告訴他？』噗哧一笑之後，喬喬狡黠的笑著說：『這事只有在場的你們五位以及帶位的我朋友知道而已。』

而我的反應是驚訝：

「妳只交過五個男朋友？」

『我只邀請五位前男友。』喬喬笑了起來，快快的環顧這張只坐了九個人的十人圓桌，她說：『剩下的五個空位是預留給你們攜伴赴宴的。你一個人？』

我點頭。

『驚訝。』喬喬毫不掩飾的說，接著轉頭對著頻頻催促她的一位女孩皺眉：『好啦好啦，一直催，囉嗦死了。』

「她是誰？」

『我的婚禮祕書，簡直比我以前的秀導還要煩。』吐了口氣，『不過人倒是滿可靠的細心，所以我才找她，我們個性剛好互補。』

偏過頭再看了那位在整場喜宴一直忙過來又忙過去的婚禮祕書，不知怎的、我總覺得有點眼熟，但卻又想不起來到底是在哪見過。

『好了好了，我該去換下一套新娘禮服了，』把杯裡的紅酒一飲而盡之後，喬喬說，『感覺真像以前在走秀。』

「希望這會是妳的最後一場秀。」

『壞嘴巴。』

呵。

「喂！」

『幹嘛？』

「祝你們幸福。」

真的，要幸福。

『你也是。』指了指我身旁的空位，喬喬意有所指的說：『如果你沒找到一起幸福的女孩，那我會嘔死。』

「嗯？」

『因為你是這裡唯一甩掉我的人。』

「呵。」

呵。

本來我是打算親口道完祝福就先行離開的，但結果沒想到我卻是一直待到了婚禮的最後送客時才慢吞吞的走，可能反正我也沒要緊事得做、沒思念的人好見，也可能只單純的是因為新娘子太美了吧。真的很像走秀、穿著婚紗的美麗喬喬，以前還交往時我常去看喬喬走秀，當時我們吵吵鬧鬧我們分分合合，當時我們怎麼也想不到有一天喬喬會走進婚姻，而我，只是來賓。

當時。

不知道他們的婚禮會是什麼模樣呢？不知道她……

『小澈！你不跟新娘子合照嗎？』

在門口，喬喬手裡捧著一盤包裝精緻的巧克力，又氣又笑的問我。

「我沒帶相機。」

『真的是。』不滿的嘟噥幾句之後，喬喬轉頭喊來她的婚禮祕書：『喂！妳，過來幫我們合照。』

『哦，好，新郎——』

『新郎不必，我們兩個就好。』喬喬邊說邊往我身邊靠近，才靠上我的手臂時，隨即又放下雙手扠著腰：『喂！這不是我的相機吧？』

『因為妳的沒電了……』

站在一旁的新郎支支吾吾的解釋，立刻引來喬喬一肚子火大：『你該死了你！幹嘛不幫我把電池充滿！』

『對不起啦、寶貝……』

『你是該對不起！我沒有講你就不用做嗎？』

『……』

然後我就笑了、在他們的鬥嘴聲中。

這才是喬喬，女王般的喬喬，被捧被愛被寵被讓的喬喬，我記憶中深深相愛過的喬喬。

曾經屬於我的喬喬。

『照片記得 e-mial 給我，明天之前！』

『是，遵命！』

婚禮祕書鬆了口大氣似的說，接著狐疑的望了我一眼，就是在那一秒鐘的四目相對裡，我確定我們曾經在哪見過，但到底是在哪呢？

嘖，還是想不起來。

「那妳再寄給我吧，走啦，掰。」

『別對著照片偷哭哦。』

這喬喬……

「知道啦，掰。」

『小澈！』

「又幹嘛？」

『怎麼老是這麼不耐煩……』喬喬抱怨著，不過越來越小聲就是了，『推薦你一部電影看。』

「哪部？」

『倒數第二個男朋友。』

然後那位婚禮祕書就笑出來了。

「好看哦？」

『還好而已。不過內容是演只要和男主角交往過，下一個交往的男人就是真命天子的故事。』

喬喬說，比了個懷孕的手勢，用唇形說出云瑄這兩個字；而我先是一楞，接著意會過來的笑開來：

「還是這麼惡毒啊、妳？」

『不吐不快嘛。』

這喬喬……

離開婚宴會場之後，我沒直接回家反而是往電影院的方向走去，我其實對於喬喬說的那部《倒數第二個男朋友》沒有什麼興趣，我只是反正也沒事好做而且不想太早回家、回到那個如今只剩下我一個人的家，於是去看部晚場電影變成是我目前唯一想得到的好主意；於是我才發現我已經很久沒有走進電影院了，我記得上一個一起看電影的人是云瑄，我回憶我們最後一次一起看電影的那天我們多快樂，我想起我們第一次一起看電影那天我們——

我當初是不是不應該放開手？會不會其實我並沒有自己希望的那麼灑脫？我——

我還是很懷念。

我改變主意掉頭走回家去。

在家的附近我經過一家應該是離開台灣之後才開張的出租店，在店門口我停下腳步抬頭望了望張貼著的電影海報，我看見其中一張就是喬喬提起的《倒數第二個男朋友》，原來這部電影已經下檔，我於是走了進去；我筆直的拿起這部片子以及擺在旁邊的另一部就走去結帳，是因為我習慣一次租兩支片子，為什麼不知道，就像是每次去麥當勞我總習慣點二號餐外加一個蛋捲冰淇淋那樣，沒有為什麼就只是個習慣，就像云瑄闖入我的生活之後我開始習慣每天都要看到她的臉——

夠了！

煩！

心煩意亂的把片子放在櫃檯，低頭我掏出皮夾時聽見店員操著過分愉快的聲音提議我：

『先生可以再選一部片子是免費的哦，我們到月底之前都有租二送一的優惠活動喲。』

「不用。」

『哦……』

這聲哦聽起來很失望的樣子，好像我說的不是不用卻是什麼惡劣的話那般；接著我聽見自己有點過意不去的改口：

「那好吧，等我一下。」

又找了一部我一直就很想看的片子我走回櫃檯，接著我開始後悔剛才的那個過意不去，因為這我才發現櫃檯小姐居然就是喬喬的婚禮祕書、不知道為什麼很眼熟的那個女生，而她身上還穿著方才那套套裝，並且演技很差的驚呼著：

『啊！先生你不是我們的會員哪？好可惜喲，因為我們租二送一的優惠只限會員耶。』

「那算了，我不要優惠。」

『沒關係嘛！就順便辦個會員呀，反正是免費的喲。』

好煩。

這是今天第一次我打從心底想回家，而且是用跑的回家！

『不用填資料呀，只要告訴我你的姓名電話和地址我幫你 key in 就好啦！一分鐘不到就賺到一支免費的片子耶！現賺八十塊——』

吵死了！

心底雖然是這麼不耐煩著，不過不知道為什麼我卻還是唸了資料讓她幫我辦會員，我並不是真的很想看那支免費的片子，我只是看著看著好像快要想起她是誰了：

「林澈一，雙木林，清澈的清，數字一。」

『真的是你！』我話還沒講完她就驚呼了起來，而這次的驚呼可不是在演戲，『我是張暖晨啊！你的國中同學，』說完，她臉紅了起來，『可能你不記得我了啦！因為畢業後就沒見過……』

而且國中時也沒多熟。在心底我補了一句，沒說出口的原因並不是傷感情而是根本找不到空隙插話。

她話真多。

『……剛才我就一直覺得是你可是沒想到真的是你耶！哇嗚～～』

好聒噪，她國中時是這麼聒噪的嗎？我想不太起來。

「妳怎麼在這裡？妳剛才不是婚禮祕書嗎？」

『我晚上在這裡打工啊！婚禮一結束就立刻拔腿跑來，因為不管遲到幾分鐘都是要扣一個小時的薪水耶，我們老闆人是很好啦但他就是厭惡遲到這件事所以我……』

好吵！

『……欸反正你都加入會員了要不要順便放一千塊押金就可以多看兩百塊錢喲！現賺兩百塊錢喲！』

現賺兩百塊喲。就是在這曾經很熟的話裡、我想起來對於她的回憶了：餃子張暖晨。沒錯就是她！

她的媽媽在市場包餃子賣，便宜卻料好實在的好吃水餃，之所以會知道的原因是因為這女人經常在班上發送水餃訂單，「訂一百顆就送十顆喲，現賺十顆喲。」餃子張暖晨總是這麼歡天喜地的吆喝著。我想起來了。

「妳媽媽還賣水餃嗎？」

『嘩！你真的記得我耶！還以為你只是——』

趕在她又喋喋不休之前我快快打斷她：

「妳瘦了很多，難怪我剛才認不出來。」

然後她就臉紅了，她臉紅的樣子很可愛，因為她臉紅的時候就不會聒噪得要命。

「妳起碼瘦了二十公斤吧？」

除了很會賣水餃之外，好個愉快的胖子是我對她的最大印象以及回憶。

『好個愉快的胖子？』

「呃……我剛剛講出來了？」

『好個愉快的胖子！』

顯然我剛剛是真的不小心講出來了。

好像是從去遊學之後，我開始會無意識的把心裡的OS給講出來（因為反正外國人也聽不懂中文）；不知道是不是因為太尷尬了的原因，望著她從剛才害羞的臉紅瞬間變成氣到臉紅脖子粗，我試圖裝沒事般的說：

「好好的妳幹嘛減肥啊？」

她沒回答我她好好的幹嘛要減肥，她只氣嘟嘟的咬牙切齒著：

『一百六十塊！後天還！』

原來她也會生氣？

我想起國中三年好像從來沒見過這愉快的胖子生氣過。

「我說——」

『一百六十塊！』

唔，原來她真的會生氣。

第三章

如果不是因為老爸剛好又在婉轉的囉嗦著要我反正沒事不如就幫他負責新分店的話，我想我也不會接起這通電話的吧。

來得正是時候的電話，正好打斷老爸囉嗦攻勢的電話：

『請問是林澈一先生嗎？』

「幹嘛。」

『這個人講話怎麼老是這麼不耐煩沒禮貌……』隨著我不友善的沉默、她話越說越小聲、終至自動的默默消音之後，她裝沒事般的哈哈笑了兩聲，又重新開朗的說著：『這裡是出租店，你上次租的片子已經逾期三天了喲。』

「張暖晨？」

『哇！你記得我？』

「什麼時候出租店會——」埋怨到一半時，我的眼角餘光告訴我老爸正準備見縫插針、再次發動囉嗦攻勢，於是念頭一轉，我改口：「知道了知道了，我馬上拿去還。」

『那——』

然後我就掛了電話，接著捉起鑰匙和外套。

『你現在要出門？』

「嗯，去還片子，已經逾期三天了。」

『都快關門了吧？明天再還也沒差啊。』

「不行，這樣我會多罰八十塊。」

——現賺八十塊喲！

說完，我想起張暖晨說起這句話時的二百五口氣，忍不住的笑了一下。

『那我載你去吧？順便一起去餐廳吃宵夜。』

「不用了啦，你別等我了。」

『小澈——』

「掰。」

呼！好險。

出租店，鐵門已經拉下一半的出租店，低頭我看了看手錶：十點過五分。算了算從家裡走到這裡也不過五分鐘的時間，接著我懷抱著被整的火大而彎腰走進去。

『嗨伊～～』

嗨個屁。

「搞什麼妳打給我的時候已經打烊了啊！」

無視於我的火大，張暖晨自顧著笑嘻嘻的說：

『怎麼那麼慢啊你？你家不就在這附近而已嗎？我上一分鐘才關電腦耶。』說著她順便把最後的一盞燈也關了掉，『走吧走吧，片子明天我上班再幫你還就行了。』

「那妳還叫我今天過來幹嘛！耍人哦！」

『哦哦，幹嘛那麼兇啦！』嘟著嘴把我手裡的DVD放進她的大包包裡，她才又說：『這樣吧，我明天幫你修改還片時間讓你變成沒有逾期總行了吧？』

「……」

『幹嘛還臭著臉啦？這樣你就現賺兩百四十塊了喲！』

然後我又笑了，不知道為什麼這女人說這種話時總有種難以言喻的喜感。

「那妳到底叫我來幹嘛啊？」

然後她就臉紅了。

接著我知道原來是這女人關店之後正準備騎車回家時，才發現她的機車又發不動了，在隔壁的小巷子裡努力了十分鐘左右之後，既冷又累甚至想放聲大哭的她突然靈機一動想起我這個國中同學，於是她重新回到店裡打開電腦查了我的資料，當判斷我家確實就在這附近之後，她心想真是太好了於是──

「等一下，這裡不是十點關門嗎？」

『是啊。』

「那妳不是應該十點整才能下班嗎？」

『是啊。』

她又說，不過這次心虛了點。

「那時間兜起來不太對哦？我接到妳的電話是十點，但在這之前妳就？」

『好啦好啦，我給自己提早十分鐘下班啦！反正九點半之後通常都沒客人——』

「我要跟妳老闆講。」

打斷她、我說，接著她扯開嗓門的抗議了起來：

『幹嘛要這樣！奇怪吶你又不是我老闆這麼機車幹什麼明明損失的又不是你而且本來九點半之後就——』

吵死了，快快再度打斷她，我說：

「這樣吧，妳請我吃宵夜，我就當作不知道十分鐘的事，是每天十分鐘沒錯吧？」

她又臉紅了，然後想了想，搖搖頭，繼續扯開喉嚨大聲抗議：

『你是不是男人啊？居然好意思厚著臉皮要女生——』

又開始囉嗦了、這女人。

嘖。

「誰叫妳害我錯過一頓免費的宵夜。」而且老爸搞不好還在家裡等著逮我，立刻就回家去肯定不會是個好主意，「走啦！妳機車在哪裡？」

『土匪啊土匪。』

活該。

隔壁的小巷子，張暖晨的鬧脾氣機車，以及，懷疑自己眼花了的我。

「這台？」瞪著眼前這台紅白相間的、搞不好比我們年紀還大的破爛老機車，我驚訝：「該報廢了吧？這還能發動才有鬼咧！」

『不但發得動，而且還很好騎呢，只是天氣冷的時候比較會鬧脾氣而已啦，呵。』

呵個屁！

「我記得在照片裡看過我阿嬤年輕時候騎過這種車，沒記錯的話是叫作兜風吧？這車。」

『才怪哪有那麼久！是我媽少女時代的機車而已。』

「而已！」

『快點啦，很冷耶。』

「所以我要幹嘛？」

『不是吧？你沒騎過機車？』

她驚呼，而我瞪她。

『好啦好啦當我沒說。』快快的整理好驚訝的表情，她重新：『就幫我把機車立起來，然後用腳踩的方式來發動吧。』

把該報廢的破機車立起來，用腳踩著讓它發動。

『哇！你好厲害喲！』

「這又不重，妳人那麼大一隻怎麼——呃。」

顯然好個愉快的胖子這七個字又重新回到她腦海。

『我今天下班晚了趕時間所以沒吃晚餐沒力氣不行哦！』

她肺活量真好，總是能夠一口氣說上一堆話而且還不用逗點。

嘖嘖。

「下班？」

『我白天在飯店的訂席組工作啊，晚上才來這裡打工的。』

我傻住：

「然後週末還兼著當婚禮祕書？」

她先是愉快的點頭，然後好哀傷的說：

『可是我現在才剛起步而已，還沒辦法每個週末都有案子可以接，哎～～』

天哪！

「感覺好像回到幼稚園。」

坐在這台早該報廢的機車後座，讓張暖晨載著穿梭台北街頭時，我有感而發。

『什麼？』

她聽了之後轉過頭來問，這差點沒把我嚇死：

「妳騎車要看前方不要轉過頭來啦！」巴了一下她的安全帽之後，喘口氣、我說：「念幼稚園的時候，我阿嬤也常騎著這台車載我去吃粉圓。」

『你給我下車！』

哈。

「喂！妳到底瘦了多少？二十公斤？」

『你很煩耶。』

「因為妳不說，所以我只好一直問。」

『下車啦。』

這次她乾脆剎了車。

「講一下又不會怎樣。」

『是到了，快下車啦，這樣很浪費油耶。』

受不了的摳門女。

下車，這我才發現我們騎了老半天的車來到的是在重慶北路上的寧夏夜市，拿下安全帽我瞪著眼前的關東煮攤子：

「妳大老遠的騎車來這裡為的就是吃關東煮？7-11 就有的關東煮！」

『又不一樣，這裡是全世界最好吃的關東煮好嗎？』

極熟練的拉了凳子坐在這台由載卡多貨車改裝成的日本風關東煮攤子前，張暖晨先是和老闆寒暄了好一會之後，才點了白蘿蔔和米血以及——

『湯給我多一點喲。』

『啊，不小心多撈了塊百頁豆腐，就當作是送妳的吧。』

老闆演技很差的說，而張暖晨則開心的直呼：

『哇！好好喲～～』

受不了。

「妳不是沒吃晚餐嗎？怎麼才吃這樣？」

『要你管，而且我其實連午餐也沒吃啦！怎樣！』

「還在減肥哦？」

『真是令人火大的煩人精。』瞪了我一眼之後，張暖晨煞有其事的說：『誰叫某人無恥的硬是要我請吃宵夜，沒辦法只好把我的宵夜預算分給那位土匪啦。』

土匪是吧？

「老闆，我要大份的生魚片飯，然後關東煮的料全都給我來一份。」

『你！』

「怎樣？」

『哼！』

大快人心。

大快朵頤。

這笨蛋說得沒錯，這家關東煮吃起來確實不一樣，不是撒了許多味精所做出來的人工死甜，卻是經過長時間熬煮所得來的美味。

「是豚骨加柴魚片下去熬的湯底吧？」

我問老闆，而他滿意的笑笑：

『嗯，熬了整下午煮出來的湯頭。魚是凌晨四點到魚市現買的新鮮魚貨，還有這蒜頭醬油你多嚐嚐，我們的蔬食都是鄉下老家自己種的，而且是用溫泉水灌溉的哦。』

「難怪美味。」

『看不出來你年紀輕輕倒還滿懂料理的嘛？』

「因為我家也是做吃的，我本身也愛下廚。」

『騙人！』

張暖晨打斷我們男人間的閒聊、不屑的說；瞪了她一眼，我改口：

「因為太好吃了，所以再來三個手捲吧！都要蝦手捲。」

『感恩喲，這下子就是我明天的晚餐預算也被你吃光了。』可憐巴巴的嘆了口氣，她對著老闆說：『老闆啊，這三個蝦手捲我可不可以幫你洗碗來抵帳啊？』

『呵。』

「笨蛋。」

『哼。』

「告訴我妳瘦了幾公斤，這蝦手捲我就自己付。」

幾乎是想也沒想的、她立刻回答：

『十九公斤。』

有沒有這麼愛錢的小氣女人啊？

『從八十公斤瘦到六十一公斤。』她好期待的補充說明，張著圓圓的眼睛，她問：『這樣子你可不可以自己的份也自己付？』

「休想。」

『哼。』

「妳一六五吧？」

『一六四。幹嘛？』

「這樣剛好啦，幹嘛還減肥？」

『我又沒有。』

「沒有還吃那麼少？」

『好啦，確實是如果可以再瘦到五十四公斤的話就太感恩了，哈！老天爺啊、求您了！讓我瘦到五十四公斤好不好？我是好人、拜託拜託。』

「妳白痴哦。」

『雖然明知道沒有這個緣分，可是真的很想要嘗試一下瘦到弱不禁風是什麼感覺啊。哈～～』

「白痴。」瞪了她一眼，我又問：「好好的幹嘛要減肥？」

『什麼好好的？呿！等你也變成一個愉快的胖子再來問我這問題吧！』沒好氣

的，她說，『嘖，最討厭你這種人，自己吃不胖還熱愛攻擊胖子胖，想不透我國中——』

她倏地住上嘴巴。

「幹嘛不講了？國中怎樣？」

『沒事啦，買單買單，我明天還要上班咧，老闆、買單！』

買單。

非常受不了的、我看著這女人從大包包裡撈出個不過她手心大的小零錢包，接著小心翼翼的捻了捻，最後才好珍貴的打了開，然後我看見——

「吼！妳把鈔票折成銅板大小的方塊幹什麼啦！丟臉得要命！」

『這樣才塞得進去啊。』非常不以為意的、她說，而且：『而且在它離開我之前，我還可以多看它幾眼。』重重的嘆了口氣，『哎～～再見了，心愛的，我會努力的再把你賺回來的，嗯！』

快瘋了我。

很受不了的從口袋掏出一千塊，我說：

「老闆，付錢。」

『全部嗎？』

好喜悅的、她問我，而我瞪她。

『老闆，是付全部哦，感恩吶、林同學。』

不理我，她好滿足的說。

有沒有這麼貪財的女人啊？

》第四章《

我想我可能真的該去找份正經事做了，因為我發現自己越來越無聊了：我居然專程跑去買了一瓶明星花露水，而且還是花去我整下午的時間才找到的明星花露水。

算好了那女人上班的時間、我優優哉哉的走去出租店找她，接著我發現自己很高興的看見她正在吃晚餐，因為減肥真的對健康很不好，而且她現在這個樣子真的是剛好而已。

為什麼女人總愛追求輕飄飄的身材呢？真難想像她那張圓嘟嘟的臉瘦掉的話會變成什麼鬼樣。

「吃壽司啊？」

『對啊，我自己做的喲，這樣就現省一頓晚餐錢了喲，哈～～』說完她抬頭，然後驚呼：『怎麼又是你！』

「不行哦？好吃嗎？」

『好吃到爆表，而且我還精算過熱量，完全不會增加一咪咪的脂肪喲。』

「現賺兩公斤了喲。」

我學她，而她沒好氣的瞪我：

『無聊。』瞪著我從她的粉紅餐盒裡拿了放進嘴裡的兩顆壽司，她看起來真的很心疼的樣子：『喂！有人說要請你吃嗎？』

「不過是兩顆壽司……小氣。」再吃她兩顆好了，「而且那天我非自願的請妳吃宵夜，回報個四顆壽司也不為過吧？」果真還不錯吃，不愧是水餃大媽的親生女兒，不如就再來兩顆吧，「再說某人不是正在減肥嗎？」

『惡劣。好了啦！剩下的給我啦，我午餐沒吃、就為了做這壽司耶。』

好吧。

「倒是，妳哪來的時間買材料做壽司？某人不是白天在飯店訂席組上班，晚上到出租店打工，週末還有一搭沒一搭的兼著做婚禮祕書嗎？」

『話是這麼說沒錯啦。』完全聽不出來這是在酸她的意思、這笨蛋。圓嘟嘟的臉又害羞的紅通通了起來：『那天和你吃完宵夜之後，我突然有股強烈的衝動想要做壽司喏，忍了好幾天之後還是忍不住的衝到市場去買材料啦！真沒想到幾年沒做、結果還是這麼美味耶。』

「妳以前在賣壽司哦？」

『不是啦，是高中的時候經常做。』

接著我知道原來這女人在高中時瘋狂暗戀班上的男同學，很想告白可是又不知道該怎麼開口，於是她靈機一動、發揮所長的每天做愛心壽司帶去學校給他當午餐。

「真是一點都不含蓄。」

『會嗎？可是我壽司又沒有做成愛心的形狀。』很認真的想了想，她懊惱：『還是說我當初就是應該做成愛心的形狀？』

受不了。

「然後呢？」

然後連續送了一個星期的愛心壽司之後，男同學很含蓄的請她不要再這麼做了，因為每天午餐都吃壽司實在是很膩。

『然後我就改做水餃，而且還好大成本的做蝦水餃哦。』

「對妳這個小氣貪財女而言確實是大成本沒錯。」

『嘖，狗嘴吐不出象牙耶，我怎麼不記得你國中的時候有這麼討人厭啊？』

「我們國中又不熟。」

『這倒也是啦。』

「後來怎麼失敗的？」

『嚇！你怎麼知道我失敗了？』

「光聽就知道。那男的如果喜歡妳的話，說的就不會是這句話。」

『哦……』

於是我才知道這小白痴不但追求失敗而且還是很失敗。從水餃又換成蛋包飯之後，有天男同學問她明天可不可以再做壽司？因為他喜歡的那個學姐很喜歡吃她做的壽司，而且他差不多快追到學姐了。

「然後妳還真的幫他做？」

她點頭。

「完全沒有自尊困擾嗎？妳這腦殘鬼？」

『可是那次之後我就開始收錢啦，扣掉材料費還現賺四十塊喲。』

受不了。

『可是我還是很高興自己勇敢啦。』

「就算是失敗？」

『就算是失敗。』她同意，『這樣我起碼還是知道了結果，不用悶了好幾年還是不知道如果我當初勇敢了咧？會不會結果是成功的呢？哪像國中——』

她又打住。

「幹嘛每次講到國中就打住？」

她這次不但打住而且還很明顯的立刻換話題：

『雖然很丟臉不過還是講出來好了。』

「啥？」

『如果他那次沒有說那句話，我也不會跟他收壽司錢。』

「哪句話？」

『他說我長得很可愛，人又很善良好相處，可是我太胖了，交往的話他怕會被同學笑。』

「需要我分一點自尊心給妳嗎？」

『自尊心能賣錢嗎？』

幾乎是想也沒想的，她反問。

「受不了。」

受不了。

「對了，差一點忘了……」差一點忘了今天來的主要目的：明星花露水。「這個，送妳。找了我整下午。」

『幹嘛送我這個？』

「感謝妳還有妳的老機車讓我重溫小時候和阿嬤共度的美好童年時光哪。」

『阿嬤？我！』

「嗯啊。」

『受不了受不了，還好我沒有高血壓，否則鐵定被你氣到腦中風。』扶著額頭她直搖頭：『我說你女朋友該不會就是這樣被你氣跑的吧？』

「女朋友？」

『那位新娘子啊。』她露出羨慕的眼光，『她好漂亮哦，沒去當模特兒真可惜。』

「她以前是模特兒沒錯啊。」我說，然後不知道為什麼，我很幼稚的想要澄清這一點：「而且提分手的人是我。」

『那你肯定是瘋了。』

說得好。

『不過沒想到你還滿聽話的嘛，婚禮一結束就立刻去找那部電影看。』

「妳幹嘛偷聽別人講話？變態。」

『你又——我才——』她氣結，然後無奈的放棄：『算了算了，不跟你計較，今天起碼被你氣瘦兩公斤。』

「這樣就現賺兩公斤了喲。」

『氣死人啦！』

哈。

氣嘟嘟的把剩下的兩顆壽司塞進嘴裡，好一會兒之後，她才小心翼翼地裝沒事般的說：『不過郁君也結婚了耶。』

郁君，我國中時候的女朋友，畢業後因為生活圈的不同於是漸行漸遠於是就這麼自然分手了的女朋友。

郁君，我們學校裡最正點的校花。

「妳們還有聯絡哦？」

『嗯啊，如果她再晚個兩年，我就可以用員工折扣幫她訂桌了，這樣——』

話才說一半、她就想到什麼似的打住，然後我笑了出來，幫她把本來要說的話說完：

「這樣就現賺多少錢了喲。」

『無聊。』

好說。

「妳大學畢業就在飯店工作了？」

『高中畢業後，我念夜大。』

「哦。」

『搞不好你也是她倒數第二個男朋友。』

「哦。」

『乾脆你也跟我交往一下好了，這樣我就可以順利的把自己嫁掉了，哈。』

「少糟蹋我。」

『開玩笑的啦，幹嘛講這樣。』她悶悶的嘟著嘴：『看也知道你只跟美女交往。』

「啥？」

『那位新娘子啊，還有郁君，都是美女。』

還有蔡云瑄。我心想，然後心酸了起來。

「看來我也得去問問高中時的女朋友了。」

可能我這話說得太洩氣了吧，她看起來好像想要說些什麼加油打氣的安慰話，可是念頭一轉又想想算了：反正是個討厭鬼，就當他活該好了。

於是她只轉移話題：

『有次我看到你們在教室接吻，放學後。』

「幹嘛偷看？就說妳是變態。」

『是東西忘了拿所以折回去不小心看到的啦！』

她低吼，然後同時又臉紅了。

如果臉紅可以賺錢的話，那麼她應該就不用這麼辛苦的兼差了吧？

『那是我生平第一次親眼看到親吻的畫面耶。』

回過神來，這女人還在自顧著說。

『那時候我——』

「幹嘛又話說一半就打住啊？」

『沒有啦。』

「明明就有。」

又臉紅。

「妳那時候暗戀我對不對？」

『自戀。』

「妳那時候有個暗戀的人對不對？」

臉紅透。

「誰？」

『關你什麼事啊。』

「講一下又不會怎麼樣，老同學重逢不就是要聊這些過去的無關痛癢小八卦嗎？」

『誰說的。』

「我說的。反正我跟班上的人都沒聯絡了，妳講了也不會怎麼樣啊。」

『才不要。』

「不然我請妳吃宵夜？」

『你幹嘛那麼好奇啦？』

「因為我好奇啊。」

宵夜。

依舊是上次的那家關東煮攤，以及，這次點很多的張暖晨。

「妳真的很愛佔便宜耶。」

『又怎樣啦。』

「自己付錢就只點兩樣最便宜的，別人請客就每樣都點。」

『沒辦法，我得把今天被你氣掉的兩公斤補回來才行。』

「小心又胖回八十公斤。」

話才說完，她立刻就請老闆幫她打包。

「妳幹嘛啊？」

『你說得對，所以我決定留著當明天晚餐吃，這樣還可以省一頓喲。』

「會餿掉啦！現在就給我吃完！」

『可是——』

「吃完啦。」

『那好吧。』

受不了。

「妳媽還在賣水餃嗎？」

『沒有。』

「為什麼？」

『幹嘛問啊？』

「因為很好吃啊，所以想再訂。為什麼不賣了？」

她不說，她轉移話題：

『你倒是怎麼都不用陪小孩啊？』

「啊？」

『呃……』

「妳給我說完！」

『忍、呃……忍者龜。』她偷瞄我一眼，然後越說越不安，不過還是鼓起勇氣的繼續往下說去：『你第一次來的時候租了忍者龜，我注意到你第二支片子是隨手拿的，但是第三支是專程挑的忍者龜而且發現時表情還是驚喜。我那時候以為你是順便租給你兒子看的。』

我沉默。

『但也可能是女兒啦，哈哈哈。』

我第一次聽到這麼尷尬的笑聲。

「是我自己想看的。」

而且是很想看。

『哈哈哈，原來哦。』越來越尷尬，『那我現在知道了。』

「我現在還是很喜歡看忍者龜。」

『……』

忍者龜。

我小時候最愛看的忍者龜，連一集也不肯錯過的偶像忍者龜，甚至有很多年的時間我一直誤會達文西的身分，好吧、就再坦白說吧，《達文西密碼》我之所以首映當天就跑進電影院看也是以為演的是忍者龜。

「很幼稚嗎？看忍者龜？」

『別問我這麼為難人的問題嘛，哈、哈哈。』她說，好真誠的說。『不過，你的型真的不像是會看忍者龜的人耶。』

然後我就被氣跑了。

原來被氣跑是這種感覺。

嘖！

第五章

真是他媽的一天。

從中午開始我的手機就一直沒命似的響啊響的，越是故意不去接、小瑱就越是故意的拼命打來，最後我乾脆把手機留在她房間裡，抱著枕頭和棉被去客廳繼續睡。

還發了一場夢，一場莫名其妙卻充滿幸福感的夢。

我夢到一個早已經忘記名字、就是連曾經認識過這個人也忘記的國中同學，夢裡她還是國中時的模樣而我卻已經是現在的大人，還是國中模樣的她透過張暖晨向我告白，一開始我的感覺是錯愕，但後來卻幸福、因為原來我也喜歡她，甜滋滋的幸福感，夢的最後是她不得不去美國而我很掙扎著能不能和她一起去，然後——

然後我驚醒，因為客廳的電話響起，是腳還在空氣中踢了一下的驚醒法。

「想怎樣！」

『差不多也該醒啦、大少爺。』

又是小瑱。

「妳到底想幹嘛啊？」

『老爸的新分店明天正式開幕，要記得過去哦。』

「就這樣？」

還好小瑱是在電話那頭而不是在我眼前，否則我一定立刻把她過肩摔而且還是連三摔！

『還有啦……』還有，云瑄也會去，『和小天一起，本來是怕說了你會不去，不過後來想想還是先告訴你、讓你有個心理準備比較保險一點。』

「哦。」

『要去哦，這對老爸很重要。』

「知道啦。」

『還有——』

然後我就掛了電話。

重新躺回沙發上，我試圖想要想起夢裡那個國中同學到底是誰？不過怎麼想破了頭就是想不起來，想要打個電話問問張暖晨，然而這才發現我其實沒有她的電話。算了，晚上再去出租店問她好了，雖然這並不是什麼要緊事，不過反正我也沒什麼要緊事做，再說每次和那女人瞎扯些有的沒的無聊事總會奇異的讓我心情不知不覺放鬆開來，可是她上次傷害我關於忍者龜的這件事情實在是很不可原諒，至今想來還是一肚子火大。

很火大。

就這麼一個人邊想著這些有的沒的邊在屋子裡摸摸索索直到黃昏左右我出門，走到出租店我很驚訝的發現那女人居然不在店裡。

我手錶壞了嗎？

狐疑的抬頭望了望牆上的鐘，確實已經過六點沒錯，但？

「請問張暖晨在嗎？」

對著櫃檯裡這個看起來像是老闆娘的女人，我問。

『暖晨今天請假哦。』

怎麼會？那個愛賺貪財女？不可能！

「她生病了嗎？」

『這我倒沒想到，不過聽起來是還滿健康的啦……』歪著頭、她很困擾似的回想，『好像說有什麼要緊事所以得請假吧。』

要緊事？又跑去當婚禮祕書嗎？

道過謝之後我踏出出租店重新走回台北街頭，街上的冷風哆嗦得我把外套拉得更緊，這才想起今天一整天除了下午那一盒自己下的水餃之外，就再也沒吃過任何東西了。

她媽媽為什麼不賣水餃了呢？好可惜……

她明天也會來？和小天一起……

搔搔頭，把腦子裡亂糟糟的思緒趕走，我隨意走進視線裡最近的餐廳，一走進去才發現這是家吃到飽的火鍋店，不過沒關係，我反正餓得很，仔細想想回台灣之後除了麥當勞還有超市買來的冷凍餐盒之外，好像就沒再讓自己好好吃過一頓什麼了。

哦，還有和張暖晨一起去的關東煮，當然。

一個人吃飯真無聊，我很難不發現這空間裡好像只有我是獨自用餐，這倒是不意外，畢竟會一個人跑來吃到飽的人可還真是少。

雖然我還是覺得很不自在。

以極快的速度吃過餐檯上所有的食材以及兩客冰淇淋之後我起身結帳，如果這店員沒把這句話說出口就這麼算帳的話，我想我也不會發現這帳單上金額的差異，但問題就出在於他把這句話說出口以及我發現了這其中的差異，他說：

『先生，因為您是一個人用餐，所以我們得加收你佔桌費——』

「佔桌費？」

『呃……』他看起來好像很害怕的樣子，他應該還只是個學生吧？不過他還是硬著頭皮繼續說下去：『呃……是的因為——』

「什麼鬼佔桌費？一個人吃飯犯法嗎？」

再一次的打斷他，這次我更加的不爽；一個人吃飯就已經夠悶了，為什麼還要收這種懲罰性質的費用？

單身就該死嗎？

『呃……因為今天是週五晚上算是週末——』我瞪他。『我們外面有立牌寫著一個人要加收佔桌費而且你一個人佔了四人桌……』他越說越小聲，『還是我幫你用貴賓折扣這樣——』

「不用了，不謝。」

耍帥的丟了一千塊鈔票在桌上，我說，然後走掉。

真他媽的一天！

選了最近的咖啡店我待著，拿出手機我找了幾個朋友心想一起看個電影或者打個球還是其他什麼的，可是有五個人沒接，四個人以「好久不見！」作為開頭，「可惜已經有約了，下次早點講啊！！」作為結尾，另外三個說外面好擠他們好累或許下次吧，剩下兩個門號已不知道什麼時候已經變成空號，最後我甚至還打給了小瑱，可是連小瑱也還在加班——

『去找老爸嘛，他應該忙翻啦。』

「再說吧。」

我沒勁的說，然後掛了電話；第一次，我承認自己真的很寂寞，好像只有我自己活在這個世界之外的那種寂寞感。

把咖啡一口喝乾，懷抱著惡劣的心情我走出咖啡店。

那一刻我真的很想打電話給云瑄，不是約她出來卻只是單純的聊聊天，可是我沒有，還是沒有打；我還留著她的手機號碼、當然，為的不是打出去卻是怕她會打來，小瑱問過幾次云瑄要我的新號碼，可是我都警告她不准給，於是我把云瑄的號碼存在手機裡以防萬一小瑱還是給了她而她打了來——

哦……算了吧，騙誰呢？

我還在想她，我還是後悔，我騙得了別人但騙得了自己嗎？

算了吧。

我決定走回出租店去問那女人的電話號碼。

可是不知道為什麼當我又踏進出租店時，櫃檯裡的小姐給我一個「嘿！你怎麼又來了？」的眼神時我就打消了說話的念頭，那眼神彷彿在嘲笑著我孤單的可恥、寂寞的悲哀，我知道這是我想太多可是我今天真的很脆弱我——

我挑了上次那女人故意只放一片的韓劇（但其實那天我連一眼也沒看進去，因為光顧著和那女人抬槓閒扯淡）之後，付了錢我離開，從頭到尾一句話也沒有說，乾脆就讓自己寂寞到底的不想說。

在回家的路上順道又去麥當勞買了二號餐和一個蛋捲冰淇淋之後我回家，不開燈只打開電視看韓劇，一集一集的往下看去，就這麼看到睡著為止，就這麼讓自己寂寞到底。

隔天我再度被電話吵醒，連續兩天都被電話吵醒真的是很令人杜爛的一件事情，尤其此時電話的那頭還是個過分愉快的聲音：

『嗨伊～～嘩！不是吧？已經中午了你還在睡哦？今天天氣這麼好未免也太浪費

了吧？這樣子太陽公公會生氣的喲。』

「妳誰？」

『張暖晨啊，吼你真是，哇啦啦嘰呱呱嘰呱呱又哇啦啦～～』

吵死了那女人！

『什麼那女人啊？我媽給我取個這麼好聽的名字——』

趕快打斷她的喋喋不休，我問：

「幹嘛啊？」

『你這個人怎麼老是一副不耐煩的口氣啊？』

「幹——嘛？」

『哎～～說不聽啊說不聽。好啦，聽說你昨天找我哦？什麼事啊？』

「沒事啊。」

『沒事還連跑兩趟？有鬼哦有鬼。』

煩死了。

「妳怎麼知道是我？」

『我老闆娘說有個帥哥找我啊，不但連找兩趟而且還一臉哀愁，她說的是一臉哀愁哦，哈～～』

白痴。

「原來妳國中暗戀的人確實是我沒錯吧？一說到帥哥就立刻聯想到我。」

『沒藥救了你，自戀狂一個，受不了啊受不了。』

好說。

「妳現在在出租店？」

『對啊，因為昨天晚上請假所以今天就過來補上四個小時這樣就不用被扣薪了雖然是兩點上班但反正也閒閒沒事就——』

「妳肺活量真好。」

『啊？』

「總是能夠一口氣說一大缸子話還不用逗點。」

『同學，難得是個好天氣的週末午后，怎麼就不能行行好說點中聽話呢？呿～～』

「稱讚妳肺活量好還不中聽哦？」

『受不了。』

哈。

『欸，我帶了你朝思暮想的張家水餃要送你哦看你要不要過來拿，雖然不是我媽親手包的不過她女兒的手藝可也——』

肺活量真好。

「妳拿過來。」

『啊？』

「現在才快要一點不是？妳反正兩點再回去上班就好，所以拿過來。」

『啊？』

「我家地址電腦裡有，啊、經過星巴克的時候順便幫我買杯黑咖啡而且要大杯的。」

『喂你——』

然後我就掛了電話。

為什麼掛她電話總是能夠讓人心情愉快啊？

十分鐘後，門鈴響起，張暖晨以及我的黑咖啡還有一大袋水餃出現在我眼前。

「哇！妳臂力真好！」

單手接過那袋水餃差點重得我重心不穩的往前跌了一步。

『對啦，肺活量好臂力也好，沒辦法，誰叫我一出生就是個四千公克的健康女娃因此我媽還領了保險唔——』

「四千公克，我記住了。」

『不要說出去！』

誰理她。

「水我已經先煮開了，差不多可以下水餃了，廚房在那。」

『你這個人真的是吼……』一邊碎碎唸著，一邊她卻還是聽話的走到廚房下水餃：『二十顆夠嗎？』

「嗯。」

『你家只有你一個人哦？』

「嗯。」

『唔……該不會發生什麼不好的事吧？』

她問，而且還當然用雙手遮住胸部，看起來真的很擔心的樣子，真是夠了！

『幹嘛打我頭啦！吼！』

「因為你是白痴。」

嘖。

「妳昨天幹嘛請假啊？」

『祕密。』

「那好吧，某人一出生就是四公斤重的巨嬰這件事即將不會是祕密。」

『你！』

哈！

『有事得去台南一趟啦。』

「什麼事？」

關你屁事。本來我以為她會這麼說，因為換成是我就會這麼說，可是她沒有，她只是關了瓦斯，然後一邊撈起水餃一邊說著她昨晚幹嘛要請假去台南。

「不是吧？妳弟特地把妳載去台南相親？」

『也不是那麼特地啦，他反正剛好要去台南而我反正隔天又沒案子，哎……為什麼我是個優秀的婚禮祕書這口碑一直傳不出去啊？欸、你有沒有朋友要結婚的啊？』

「轉移話題也沒用哦。」

『哼！』她嘟嘴，『好啦，因為對方是個警官而且照片看起來還不錯所以……』

「妳想談戀愛囉？」

『廢話，不然我怎麼可能特地請假！』

說的也是。

「警官？怎麼聽起來是個老傢伙？」

她用力的搖頭：『是我弟的學長，大我們一歲而已。』

「然後咧？」

『然後他請客，吃得還不錯。』

「結果咧？」

『結果他跟我要了電話，然後我就給他啦。』

「所以咧？」

『所以他應該只是基於禮貌要個電話而已啦，我知道我不是美女，就算瘦掉了十九公斤也變身不了美女，不是一般男生會喜歡的那型，所以至今才會一直滯銷吧。』

並不會，妳長得很可愛，個性又很好，只是戀愛運比較差了點。

我想說，可是我沒說，不好意思說，而只是低頭吃水餃而已。

『好啦，我要去上班啦。』

「喂！」

『幹嘛？』

「給我妳的手機號碼。」

『做什麼？』

「奇怪他能要我就不行哦？更別提我還是妳的國中同學耶。」

『好啦。』

然後她唸著號碼，接著她看到我在手機上輸入的字眼，她差點沒拿鍋子敲我的頭：

『巨嬰！』

「對吼，是女巨嬰才正確。」

『你！氣死了氣死了！就知道你要我的號碼只是想羞辱我的鋪陳！哼！』

哈，好爽。

『好啦，那個……我要去上班了。』

「哦，慢走。」

『可是那個……』

不會是想告白吧這女人？

「什麼啦？」

臉紅紅的支吾了老半天之後，這女人決定直率的說：『咖啡的錢你還沒給我啦！很貴耶！』

然後我就笑了起來，笑到不行。

『喂！我是說真的啦！快給啦！』

「那水餃的錢要不要也一起付？」

『也可啊。』

「受不了。」

轉身我去找皮夾，看到皮夾旁的桌曆時，我想起今晚是老爸分店正式開張的日子，我想起今晚云瑄也會去，會和小天一起去，然後我聽見自己這麼說：

「我只有一千塊找不開。」

『我有——』

打斷她，我快快的裝沒事說：「這樣吧，我晚上請妳吃鼎王麻辣鍋換這杯咖啡和水餃，如何？」

『前陣子台北才終於開幕的鼎王？』她看起來口水都快流下來了，『可是……』

「好吧好吧，我晚上請妳吃鼎王，順便找錢給妳？」

『可、可不可以改天啊？明天下午咧？』

「不行，就是要今天晚上。」

『吼……天人交戰啦！』

「妳再換班不就得了？還是說妳明天要當婚禮祕書？」

『是沒有啦，只是……』她臉又紅，『只是連續兩天晚上請假，老闆娘會不會以為我的相親成功啦？』

「那又怎樣？」

『那好吧。』

最後，她這麼說，愉快的說。

第六章

『我不要聽廣播啦！怎麼轉成CD啊？』在開車前往鼎王的車上，這女人煩得要命的亂調音響和冷氣，並且還冷不防的飄來一句：『哇嗚～原來約會是這樣哦。』

「誰跟妳說這是約會啊！」

『幹嘛那麼激動啦奇怪，開開玩笑不行哦？』

「敢愛上我、妳就試試看！」

『自戀啊自戀。』嘴巴圓得嘟起來呿啊呿的老半天之後，這女人才不滿的說：『放心吧同學，我才不會蠢到愛上你咧，看也知道林澈一是個只愛美女的膚淺男人。』

「那是人之常情哪是膚淺。」

『明明就膚淺。』

「酸葡萄心理。」

『隨你怎麼說啦，啊～啊～還特地跑去買羅志祥的專輯哦？這樣還敢說自己不自戀。』

『前女友？』

「不要聽！」快快的把云瑄送的這張專輯按掉，我悶悶的說：「那是別人送的。」

「干妳屁事啊。」

『幹嘛老是兇巴巴的啦。』

又嘟嘴，這女人。

『我說妳啊……』

「又怎樣？」

想了想，我把本來要說的話收回，改口：

「妳長得很像白鴿子。」

『啊？』

「臉頰膨膨的，眼睛圓圓的，嘴巴嘟嘟的，皮膚白白的，真的很像白鴿子。」

『我要下車！』

哈，好爽。

鼎王。

因為沒有事先訂位的關係，所以我們在門口排隊等了很久，不，嚴格說起來是我在門口排隊等了很久，因為那女人才一下車手機就響起，接著她就這麼寶貝兮兮的揣著手機躲到不曉得哪個安靜的角落電話熱線去了；而我因為怕被老爸他們奪命連環叩的關係所以故意把手機放在家裡沒帶出門，早知道我應該轉成靜音就好，如此一來就可以玩手機裡的無聊遊戲打發排隊等候的無聊時間，而不是視線一直不自主的飄向前方那對年紀看來和我們相仿的親熱情侶身上。

他們讓我想起那年有回夜裡一個臨時起意於是就和云瑄開車南下台中吃鼎王接著再原車開回台北，「好瘋哦。」我記得在回程的車上云瑄一直咕咕笑著這麼說，反覆說；而那次夜裡的鼎王也有對和眼前類似的親熱情侶，就坐在他們鄰桌的我們還不時交頭接耳低聲的批評唱衰說壞話。

那是什麼時候的事呢？那時候的我們發現自己其實已經愛上對方了嗎？那——

『同學，你幹嘛一直色瞇瞇的盯著別人的女朋友啊？』

「嚇死我啊妳！」嚇了一跳的回過頭，才發現原來是這女人不知道什麼時候講完手機、正像個背後靈似的從我身後冒出，「是相親男打來的電話？」

『什麼相親男，很難聽耶。那所以我是相親女囉？』

「不，妳是白鴿子。」

『可惡！』

哈。

「所以他是對妳有意思囉？恭喜啊，昨天的假總算沒有白請。」

『沒有啦不要亂講啦。』她臉紅，『應該是我弟叫他打來的啦，或者他自己出自於禮貌所以打來聊一下而已啦。』

「哦？」

『幹嘛這樣盯著我看啦很不自在耶奇怪！』

「妳才奇怪咧。」我笑了起來：「是不是鐵肺啊妳？講話老是不用打逗點。」

『好說。』她又嘟嘴，接著想了想，然後臉又紅通通的小小聲問道：『所以你覺得他是對我有意思？』

「我又不是他，我哪會知道。」

『說了等於沒說的回答，嘖。』

「為什麼這種事女人老是要問別人而不是問自己甚至是直接問對方啊？」

當時的云瑄也是。

『不是啊，問題是我又沒有被男生喜歡過所以我哪知道怎麼判斷這是不是他喜歡我啊？再說我哪好意思直接問他——』

「等一下，」打斷她，我逼自己要有禮貌別笑出來，「妳這輩子沒有被男生喜歡過？」

『是還沒有，這不一樣。』臉臭臭的、她強調。

結果我還是忍不住的笑了起來：『哎～～待會要吃什麼儘管點，我想這樣的人生應該很不好受，所以就用吃來補償自己吧。』

『過分！』

結果這女人還真的開懷點。

「某人不是在減肥嗎？這樣狂點猛吃的好嗎？」

『因為原來某人的人生很不好受，所以這會就用吃的來補償自己啊！』

「幹嘛越說越大聲啊？」

『還不是被某人害的！』

哈。

『欸，我聽說沒吃完的話還可以打包湯底帶回家是吧？』

「是啊，而且他們會把湯底添滿包括鴨血和豆腐。」還有，「妳這女人很奇怪耶，為什麼上一分鐘還在生氣，下一分鐘就立刻忘記啊？」

『這不是很好嗎哪裡會奇怪？』

也對啦，只是……

「喂！大腸頭是我點的，妳不要自己把它吃光好不好！」

『啊你就再點嘛，怎麼這麼好吃啊老天爺，你下次可不可以再請我來這裡吃？』

「叫妳的相親男帶妳來啊。」

『呿～～欸，等一下湯底給我打包哦。』

「吃慢點啦，妳是餓了幾輩子是不是啊？」

『沒辦法啊，因為限時九十分鐘害我很焦慮耶。』

「吼！妳把大腸頭都嗑光了啦！」

『你很煩耶林澈一，快吃啦，時間到了怎麼辦。』

「妳才煩咧，九十分鐘夠吃啦！」還有，「妳手中那塊最好不要是最後的大腸頭！」

『哎喲再點就好了嘛，反正過的是悲慘的人生所以再點一盤來安慰我吧。』

「吃慢一點啦，白痴！」

話雖然是這麼說的，不過我卻還是被這女人的焦慮給感染而下意識的跟著她用快轉的速度發狠的狂吃猛吞拼速度，結果最後我們只花半小時不到就吃得飽呼呼。

『啊～啊～有沒有這麼滿足的啊～～』

十分愉快的打了個飽嗝之後，這女人連一分鐘也沒浪費的立刻伸手喊來服務生要求把鍋底加滿然後打包而且是全部只打包她自己的一份。

「等一下啦。」低頭我看看錶上的時間，時間還很早，老爸他們應該都還在新分店裡忙著慶祝吧？「我要待滿九十分鐘才走。」

『真是很愛斤斤計較的個性耶。』

「還不是託了某人的福。」

『好說。』

「其實只是很不想一個人早早回家啦。」我坦承，「尤其是今天。」

『今天怎麼了？』

「今天是——」把都已經說到嘴邊的云瑄這名字給吞回肚子裡，我改口說起昨天一個人用餐卻收佔桌費的單身歧視，以及之後約不到朋友出來見個面的寂寞感，「感覺好像身邊的朋友一個個的往前踏進大人的那一邊了，而我卻還停留在小孩的格子裡問著有沒有誰可以陪我玩。」

難得我這麼坦率的承認心底的寂寞以及回台灣之後的感觸，結果這女人聽了之後的反應卻只是說她想要去上廁所而且還上得有夠久，嘖，早知道我回家對著牆壁把這些話說出來還比較詩意一點。

「好啦好啦回家啦。」等張暖晨回座之後，我識相的說，「看妳一副連一分鐘也坐不住的表情，八成是想快快回家專心和相親男電話熱線吧。」

『哦。』

嘖，對牛彈琴真的是。

也罷，把手伸向牛仔褲後口袋掏出皮夾才準備起身付帳時，這女人卻小小聲的說：

『我剛剛把帳單付掉了啦。』

「什麼？」

筆直的凝視著我，她說：

『聽來你現在確實沒有在工作對吧？』

「但我不缺錢啊。」

而且不像妳一副缺錢樣。

『雖然早就猜到你總是一副閒閒沒事樣應該是沒有在工作的沒錯，但沒想到是真的。』

悶著臉，我說：「但本來就說好是我請客的啊，是我硬把妳拖來這裡吃晚餐的啊！還叫妳請假調班的啊！」

『真的沒關係啦，因為老是花爸媽的錢不好，這點錢我還可以啦。』

「……」

『走啦走啦，我肚子好痛哦。』

我被看不起了嗎？

『可以的話還是找個工作比較好吧，畢竟好手好腳又一表人才的。』

送這女人回家的路上，她只說了這句話，而臉上不再是平時那副過分愉快的招牌表情；最後她透過車窗向我比了個再見的手勢，我沒理她，我直接把車開走，然後在台北街頭漫無目的地亂晃。

「我又不是找不到工作！」

對著前方的車屁股，我大吼。

我又不是找不到工作！

前幾天在街上遇到以前的模特兒同事，他們還問我要不要回去，而我的回答是再說吧，因為那份工作本來就只是賭氣才做的。

我又不是找不到工作！

老爸還開了家新分店等著我去管理，可是我一想到要招呼客人要管理大事雜事就一肚子火大，我——

我把車停在老爸新分店的對街，就這麼透過車窗遙遙望著，我沒看到云瑄和小天，只看到老爸和阿姨以及小瑱他們兩對雙雙走出店門口，可能是已經結束了吧、我心想。

本來是想趁著他們發現之前把車開走的，可是結果連我自己也很意外的是，我竟然下車走向他們。

「對不起，我來晚了。」這是我開口的第一句話，「我是故意的我知道，而你們也知道我知道。」

對著他們驚訝到說不出話來的表情，連我自己也驚訝的是我竟繼續往下說去：

「我想通了，我不想要再過著無所事事的人生了，這樣很自由沒錯可是很無聊，真的很無聊，而且老爸辛苦養我長大也不是為了看我廢廢的過日子，再說我畢竟好手好腳又一表人才的。

「我想要工作，可是我真的很不想管理新分店，因為我數字觀念很不行而且看到收銀機就會偏頭痛，態度不太好也沒辦法好好應對客人，個性總是不耐煩應該會害店裡員工的流動率飆高，所以這真的很不適合我。

「可以的話請老爸讓我當廚師，因為我其實還滿喜歡做料理的，可以專心做出令人愉快的料理這事我很喜歡，而且反正我在美國的時候也常常自己下廚做東西吃；不過我沒有這方面的專業經驗而且該學的東西還很多，所以請老爸不要故意給我太高的薪水沒關係，我是認真的。」

一口氣巴啦巴啦的說了這一大堆之後，接著我們大家都尷尬的沉默了好一會兒，最後是老爸開口打破沉默：

『可是小澈，這一切以後反正都是你的啊。』

「爸，請不要再把我寵壞了，我不想變成一個自以為是別人都應該理所當然對我好的討厭鬼小兒子。」

『小澈你長大了哦。』小瑱笑著捶了一下我胸口，『都認識你二十五年了，還真是第一次聽你一大口氣說一大堆話，而且重點是居然沒有說著說著就不耐煩起來耶。』

「想被過肩摔嗎妳？」

我說，然後包括我自己在內的大家都笑了起來，鬆了口氣也踏實了的笑了起來。

因為他們忙了整天都還沒吃飯，所以我提議不如回家讓我簡單的下個水餃給他們填肚子，看得出來我的這個提議差點沒把他們嚇壞——小澈居然會為別人下廚？！而且還是他老子自己主動的提議？！

回家。

看著他們很捧場的把那女人包的百來顆水餃給全掃進肚子裡時，我心底湧起一股再多錢也買不到的滿足感和成就感，也更加確定我的這個決定不是衝動行事卻是再正確不過；吃飽喝足之後，老爸和阿姨因為累壞的關係，所以在叮嚀我星期一記得去上班之後就先回他們家休息去了，而準姐夫則是很識相的自己走到廚房去洗盤子，至於小瑱——

『你是不是睡我房間啊？』

從房間口探出頭來，小瑱狐疑的問我。

「嗯。」

『為什麼？你房間比較大不是？』

「反正妳房間空著就乾脆輪流睡一下啊。」

『那客廳也空著你一樣會跑去睡囉？』

「廚房也空著所以我都在那裡睡午覺啦怎樣。」

『那玄關——』

「妳很煩耶。」

『哈～～好啦不鬧你啦，看在我老弟今天很感人的份上。』小瑱踮起腳尖裝慈祥的想要摸摸我的頭，而我一看機不可失立刻就順勢把她過肩摔到床上去，小瑱揉著屁股又氣又滿足的笑說：『你這點倒是沒變耶、小澈。』

「這點確實是不打算變。」

『真的是，嘿——啊！』

想把我偷襲了也過肩摔的小瑱結果又失敗的被我再摔一次之後，她快快舉手投降：『好啦好啦我認輸啦，姐姐老了禁不起三連摔啦。』

「知道就好。」

『不過我從小就以為你長大後會當跆拳道國手耶。』

「我本來也是這樣以為，可是後來我發現我很討厭被摔。」

『殘念。』

「呵。」

『對了，他們來一下就走囉，如果你想問的話。』

「我想問什麼？」

『少來。』小瑱笑了笑，『因為云瑄身體不太舒服的關係所以坐一下就走了。』

「哦。」

『好啦好啦不煩你了。』小瑱說，然後轉頭扯開喉嚨喊著廚房裡的準姐夫：

『喂！洗快點啦！我很睏耶。』

『等一下哦，我再幫小澈切盤水果就好了。』

『那切快點啦！慢吞吞！』

『好啦。』

「什麼時候結婚啊你們？」

『再說啦。』拍拍我的房膀，小瑱又說：『倒是你只有自己一個人，所以要記得好好照顧自己哦。』

「請不要擅自同情我。」

『什麼？』

「呃……我剛剛又說出來了？」

『嗯啊，什麼請不要擅自同情我？』

「沒啦，不是對妳說的。路上小心啊。」

我想快點打發小瑱走，但是這女人卻好八卦的湊過來猛問：『那是想要對誰說的？我老弟有新對象啦？誰誰誰？』

「沒有啦，快滾啦。」

『誰啦告訴我嘛！哪天介紹我們認識啊？』

「想再被過肩摔的話就繼續黏在我眼前沒關係。」

於是她立刻退開揮手：『那我先走囉，晚安。』

這小瑱……

等他們離開之後，我立刻拿起手機打給小瑱誤會的那個新對象，結果手機接通之後傳來的卻不是那女人的聲音，連忙說了句抱歉打錯了之後我重撥，結果手機那頭卻依舊是同一個陌生女人的聲音，而這次她搶在我反應過來之前說：

『你是要找暖晨嗎？』

「哦……欸。妳是？」

『我是她室友，她在病床上，我只是幫她接手機而已。』

「她怎麼了？」

『急性腸胃炎。』

急性腸胃炎？

》第七章《

「妳會不會死掉啊？」

『有人是這樣探病的嗎？』雖然這女人因為急性腸胃炎而整個人癱軟在床上，不過說起話來卻依舊中氣十足得很，『在醫院裡大剌剌的這樣問候病人會不會死掉這世界上大概也只有林澈一你了吧。』

「看起來恢復得不錯嘛，依舊是一口氣噴一大堆話的鐵肺張暖晨妳啊。」

『哦……拜託請避開噴這個字。』這女人面有餘悸的縮起身體，『還好我是直接痛暈過去，否則我室友一定會因為廁所的慘狀把我揍暈的。』

「妳是把廁所噴成怎樣啊？」

『林澈一！』

哈，好爽。

「好啦不鬧妳了。」

從電話裡聽到消息的緊繃情緒這會兒才終於放鬆開來，隨手拿起她室友離開之前買來的蘋果，我一邊削著一邊才終於忍不住的馬後炮：「妳活該啦，就已經叫妳不要吃那麼快還不聽，明明走的時候肚子就已經在痛了，回去之後居然又立刻把打包的麻辣鍋一口氣嗑完，更別提嗑完之後居然還吞掉兩碗剉冰，豬都沒有妳這麼會吃吧？是想胖回八十公斤啊妳？」

『你比我媽還愛碎碎唸耶、林同學。』眼巴巴的盯著我手中的蘋果，吞了口口水之後，這女人強辯著：『都嘛怪我室友吵著要立刻吃而且還只吃一點，那麻辣鍋再熱過的話就不好吃啦，所以沒辦法我只好一口氣吃光嘛。還有，那兩碗剉冰是她買的，我實在很看不過去她又只吃兩口就想丟掉的浪費食物才幫她把剉冰也吃掉的好嗎？』

好失望的看著我手中削好的蘋果這會兒正送入我嘴裡，這女人又鐵肺的大聲抗議：『喂！你到底是來探病還是來看熱鬧的啊？哪有人削了蘋果結果卻是自己吃的啦！我是病人耶！』

「病個頭啦。」

『切一塊給我啦。』

「不要。」得意洋洋的，我說：「誰叫妳要腸胃炎。」

『所以更要吃點蘋果補充營養啊。』

「妳是嫌今天晚上還噴不夠是嗎？」

『不要再講那個字了啦會被你氣死真的是。』

沉默了好一會兒之後，這女人才悶悶的又說：『明明就是你先說我的人生很悲慘我才會氣得以吃洩恨啊。』

「好啦我道歉。」

我乾乾脆脆的說，而她則是整個人楞住。

「說妳的人生很悲慘是我的不對，可是請妳也不要再擅自同情我了，因為讓女人請吃飯實在會讓我很不爽，不好意思我知道現在都什麼年代了但我就是這麼食古不化的大男人怎樣。」

這下她沉默了更久。

「幹嘛用那種你是誰的眼神看我啊？」

『對啊你是林澈一嗎？怎麼跟我之前認識的那個不太一樣。』

「對我是林澈一，而且我找到工作了，下星期一開始上班，就在我爸新開的餐廳當廚師，嚴格說起來會先是洗菜切菜的學徒，並沒有以前當模特兒聽起來那麼氣派，但是那又怎麼樣？因為這是我喜歡的工作，再說反正我又不缺錢而且還好手好腳甚至一表人才的聽某人說。」

劈哩啪啦的把肚子裡憋了一整晚的鳥事說完之後，本來我以為這女人會吐槽幾句或者鐵肺一大堆，結果這女人的反應居然只是吃吃的竊笑。

「拜託妳不要這樣吃吃的笑好不好？很古怪耶。」

她還是吃吃的笑，彷彿是笑穴被打開了那般的無法自制的吃吃笑。

「既然沒事了就快滾啦，賴在這裡跟阿公阿嬤搶床位幹嘛。」

『不行啦，反正都已經住半晚了，不如就住滿一晚這樣才可以申請保險的理賠啊，現賺好幾千塊耶。』

「受不了。」

受不了。

雖然這女人並沒有開口要求，不過我還是在醫院待了整晚陪她，並不是因為怕她突然有個什麼不測、畢竟這女人壯得跟牛一樣，而是因為望著她呼呼大睡的臉，讓我有種回到小時候媽媽生病住院時的錯覺，那時候我總想要整晚待在醫院陪著媽媽，可是連媽媽在內的他們總是不答應，說這樣會吵到媽媽休息，說醫院裡細菌很多會害我也生病，說……

「喂。」對著熟睡的張暖晨，我輕聲說：「妳不要死掉哦。」

當然不用說的是這女人並沒有死掉，畢竟她壯得像牛一樣，甚至隔天一早她還啊～啊～的伸了個大懶腰的醒過來，精神奕奕的不像是住院還比較像是住飯店，反而是整夜趴在床邊睡不好還被其他病人呻吟、哀嚎以及這女人打呼聲給吵到睡不好的我比她還像是個病人。

『喂喂！去刷牙洗臉啦、林澈一。』沒禮貌的用牙刷戳戳我的臉，這女人不知感恩的說：『都已經天亮了還賴在這裡跟阿公阿嬤搶病床像什麼話啊？』

「這牙刷不會是妳用過的吧？」

『怎麼可能啊。』

「但看起來不像是新的啊。」

『好啦是我用過的，我是有洗乾淨啊，不要浪費嘛反正都是要丟掉了，這樣比較環保啦。』

「吼！去給我買一支新的來啦！」

受不了。

陪著這女人辦妥離院手續之後，她喜孜孜捏著可以讓她現賺幾千塊喲的住院證明，得意洋洋的、她說：

『真是被你感動到了、林同學，沒想到你還真的陪了我整夜耶！真沒想到我張暖晨的人生居然也可以擁有這麼感人的畫面耶！好高興喲！』

「吵死了。」揉著整夜沒睡好的偏頭痛，我不耐煩：「我有起床氣，在還沒喝到咖啡之前拜託別跟我講話。」

『那這樣吧，為了感激你感人的趕來還照顧我而且還是照顧了我一整夜，就讓我好大方的請你去美而美吃早餐吧。』

有沒有神經啊？這女人！

「我昨天跟妳說了什麼？」

『你昨天跟我說了什麼？』

是真的不知道還是裝傻啊？這沒神經女！

「我不讓女人請吃飯！」

『啊是哦，那好吧，剛好省下來。呵～～』掩嘴偷笑接著彎腰鞠躬九十度之後：『那謝謝林澈一的好心相伴囉，下次來租片再給你算便宜哈，掰伊～～』

「妳給我等一下。」很順手的捉住她的長馬尾：「誰說妳可以就這樣拍拍屁股走掉的？」

『還是說你要好人做到底的開車送我回去？』好順口的閃著圓圓大眼睛：『也好

啊，因為我們飯店的宿舍離這裡可還真是有夠遠的耶，要轉好幾次公車光想就好煩。』

「妳想得美，我是要妳替我掃房子以答謝我照顧妳整晚的恩惠。」

『啊？』

「不對，是掃房子外加包一百顆水餃。妳包的水餃太好吃以至於昨天全被我爸他們嗑光了。」

『啊？』

「啊個屁啊，快去吃麥當勞啦！記得吃飽一點啊，因為妳今天會花很多力氣。」

『惡劣！』

「我是。」

『……』

刀子口豆腐心。

以前云瑄曾經這麼說過我，其實她說得一點也沒錯，雖然嚷嚷著要這女人幫我掃房子和包水餃以報答我徹夜照顧（但其實我只是待在那裡並沒有照顧到什麼，不但是連水沒遞給她喝、就是連蘋果都只削了自己吃），但其實我只是開玩笑鬧著玩而已，但沒想到這笨女人居然是當真的，一走出麥當勞就吆喝著要我先載她到市場買水餃材料。

笨死了。

坐在餐桌旁邊看著她極熟練的包著水餃時，忍不住的我還是想問清楚：

「為什麼妳媽媽不賣水餃了？」

然後很意外的是，她不再像是上次那樣避而不答的顧左右而言他，反倒是解開了心防的說：

『因為媽媽身體不好所以就叫她乾脆退休好了反正她年紀也大了，而且我和弟弟現在都有在工作賺錢了養她又沒問題，勸了好久才終於把媽媽勸回南投外婆家去快活的過日子，這樣也不用再每個月繳房租了。』想了想，她又說：『不過我媽媽真的很閒不住耶，上次回去才知道她居然利用河堤的空地種起蔬菜來，真是敗給她了，呵。』

原來她閒不住的性格是遺傳。

「妳媽身體怎麼了？」

『糖尿病，還有一些其他什麼的啦，但一時之間我也說不清楚。』苦笑一下：『但我弟說應該是她年輕時都忙著賺錢養我們所以累過頭了身體才壞掉的。』

接著我知道原來她媽媽以前不只是在市場賣水餃而已，還兼著在自助餐廳工作以維持他們一家三口的生計。

「妳爸咧？」

她面無表情的聳聳肩膀：『不曉得，本來就是個不負責任的男人，後來更是乾脆和外遇的女人離家出走了，久到都忘了最後一次看到他是什麼時候了。』

「哦。」

『國中的時候我好羨慕你。』

「啥？」

『你爸爸那時候每天都給你送午餐來對吧？』

「嗯啊。」

雖然跟老爸講過不知道幾百次學校都有營養午餐很方便，但老爸還是堅持我會瞞著他跑去買麥當勞而每天每天的親自給我送便當。

『他人看起來好好哦，雖然酷酷的，不過滿帥的，我那時候常幻想如果他是我爸爸的話不知道該有多好。』

「哦。」

『確實是滿辛苦的人生啦。』

回過神來，這女人還在自顧著說。

『從高中開始就打工，會想到飯店工作也是因為供餐供宿，在別人看來確實是很辛苦的人生，可是可能我這個人真的很粗神經吧，因為我完全不這麼覺得啊，要不然閒閒沒事要幹嘛？又不像別的漂亮女生都會有男生跑來約她們出去。

『雖然一直沒有所謂的這麼自在的過生活，常常身邊的朋友也勸我不要那麼節省、人生很苦短該花的錢還是要花，但我真的不想要為了證明什麼而把錢花掉啊！再說那都是很辛苦賺來的錢耶都是我的心愛的耶。

『可是不知道為什麼昨天被你一講，突然的自己也覺得自己好可憐哦怎麼過得這麼可憐啊？生平第一次具體的感覺到自己真的好可憐哦的這件事情耶。』

當她說完這長長的話之後，我們陷入長長的沉默，最後我還是巴了一下她的頭作為這長長沉默的句點，說：「妳白痴哦！我昨天是開玩笑的啦。」

『真的嗎？』

「廢話！」再巴一下，「少以為在那邊裝可憐我就會放過妳不用幫我掃房子。」

『可惡！居然被你識破了。』

「廢話！」

『惡劣！』

「沒錯，惡劣的林同學因為照顧了妳一整晚所以現在累得很想要去補個眠，妳房子記得給我掃乾淨一點。」

『呿～～』

和這女人一起把餐桌收拾之後，抱著棉被我走到客廳沙發上補眠，那女人一邊打開吸塵器一邊碎碎唸著什麼是我睡前最後一個意識，我不曉得自己睡了多久，只知道再醒來是因為被浴室裡傳來的刷洗聲給擾醒，不曉得是不是剛才睡太熟太透的關係，當我起身坐在沙發上等待著意識由夢境回到現實的朦朧片刻之間，竟有種今夕是何夕的非現實感；在這非現實的迷糊之間，我以為我遠走高飛的這一年只是發了一場夢而已，我感覺時間好像還停留在云瑄住在這裡的那一年：好像她莫名其妙的出現不過才是上星期的事，好像她和小天還陷入熱戀，而我和喬喬依舊分分合合的離不開，而我和她，依舊只是好朋友，**just more than friend**。

我——

「云瑄？」

我怔怔的脫口而出，恍恍惚惚的以為著前方從浴室裡走來的腳步聲由遠而近之後出現我眼前的會是云瑄，那個總是被我踢下床的云瑄，那個陪著我夜裡點蠟燭的云瑄，那個就算我拍照忙得要死依舊會抽空跑回家來看她一眼的云瑄，那個心情不好卻又不敢生氣時就會把自己關起來刷浴室的膽小鬼云瑄，那個——

『明明想念卻還避著不見的人最討厭了。』

她說，然後把紙丟在我臉上，接著離開；沒說再見，或者應該說是她的招牌再見語：掰伊～～

明明想念卻避著不見的人最討厭了。

無心無緒的默唸著沒說再見的張暖晨沒頭沒腦丟下的這句話，低頭，我看著紙條上小瑱寫下的字條：

——昨晚云瑄其實不是不舒服，只是知道你還躲著她，很難過才先走的。

把紙條塞進牛仔褲後口袋，起身我出門追上正走進電梯的張暖晨。

「喂！」

『我才沒有愛上你咧！』

我什麼都還來不及說時，這女人劈頭就先嗆上這麼一句。

『幫你掃房子給你包水餃還為你蓋好被子才不是代表我愛上你！我只是很少被好好對待所以一時感動到而已！動不動就來找我，開車接送我，請我吃東西，到醫院陪我，追問相親男還關心我媽媽！我才不會因為這樣就自作多情的以為你是愛上我咧！我是沒有談過戀愛也沒有被幾個人追求過、不！是沒有被任何人追過，可是你也不要隨隨便便就把我當成可以玩弄的備胎情人！我不是美女沒有美成蔡依林可是我也有好好被珍惜的權利！』

「沒頭沒腦的說這一大堆是幹什麼啊？」

她一楞，接著支支吾吾：

『不然你追出來幹什麼？』

「問妳這紙條哪來的啊。」

『噢……』她瞬間漲紅了臉，『在你房間裡啦，就擺在最顯眼的地方所以不是故意偷看的啦。』

「知道了啦。」用盡了力氣我強忍住笑，「剛才說那一大堆的是幹什麼啊？什麼愛不愛的啊？」

她臉紅到快燒起來。

「是不是愛上我啦？」

『才不想喜歡一個習慣被愛的討厭鬼！』

她氣嘟嘟的丟下這句話，然後按下電梯門，氣跑。

第八章

雖然和那女人本來就不是每天碰面的朋友關係，不過這次一連兩個星期沒看到她，心底還是不自覺的有些奇怪。

「她是真的愛上我啦？」對著眼前我正切著的洋蔥，我問，然後代替洋蔥我回答：「自戀。」

嘖，再這樣像個白痴似的對著食材悄悄說話下去、我幾乎都想要把自己過肩摔了，於是趁著員工的晚餐時段，我邊嚼著義大利麵邊打電話給老爸說明天想要休假。

『終於肯休假啦？』

「呵。」

『是有約會嗎？小瑱說你好像有新的對象？』

「沒有啦，不要聽那女人亂講。」

『那女人？』

嘖，說得太順口了，都是那女人的錯。

「我是說不要聽姐姐亂講啦，我現在並沒有想要談戀愛，一個人自由自在的其實很不錯，輕鬆又愉快老爸你不懂啦。」

『哦……』

老爸的這聲「哦」聽起來很失望的樣子。

「只是主廚大哥說我已經學得差不多了，下次開始要我和他一起做料理，雖然是遲早的事不過心情還是有點緊張，所以想休假一天放鬆一下。」

『那真的是太好了！』老爸笑呵呵的說：『本來我們還以為你會只待三天就走人的。』

「本來我以為第一天休息的時候我就會直接走掉的。」

老爸開開心心的笑了起來，甚至還開起了玩笑：『所以你打這通電話的目的是要叫我幫你加薪嗎？』

「也可啊，雖然反正這些以後都是我的啊。」

『哈～～』

掛上和老爸的電話之後，本來我是想要直接打電話給那女人的，不過想想卻又覺得很彆扭，所以我只是在晚餐時段忙完過後和主廚大哥打聲招呼然後提早下班接著直接去出租店找她而已。

『喲！好久不見耶、林同學。』

我前腳才踏進門口，連頭都還沒抬起來時，這女人就萬分愉快的喊來這句，而我忍不住的就笑了起來，果真是上一分鐘還在生氣而下一分鐘就立刻忘記的開朗個性哪！更何況都已經兩個星期了、果真是沒可能還在意的沒錯，嘖，早知道我就可以早點打電話給她了，真是想太多。

「妳真的是很沒有自尊困擾耶。」雖然明知道這麼說會有破壞氣氛的危險，不過我卻還是很忍不住的想要抬槓她：「明明上次見面某人還氣嘟嘟的跑掉，說什麼才不會喜歡上習慣被愛的討厭鬼，結果呢？和這個討厭鬼再見面卻好像什麼事也沒發生過一樣的說說笑笑啊？」

『因為昨天的事我都留在昨天啦。』裝大氣的擺擺手、她說：『更何況都半個月以前的事了，哼。』

「半個月？原來妳有在偷偷計算我們沒見面的時間哦？」

『對啦對啦，還每天睡覺前用小刀在床頭刻正字記錄啦，呿～～』這女人又圓嘟嘟的呿著圓圓嘴，『怎麼依舊是完全不討喜的個性啊、林同學。』

「這才是我啊，張同學。」

『呿，來幹嘛啦今天？先告訴你哦我最近胖了點所以不給請吃宵夜了哦。』

「厚臉皮，誰說要請妳吃宵夜了。」

『哦？那想必是跑過來追蹤忍者龜有沒有出新電影囉？』

「妳！」

『哈～～』

受不了。

「妳明天有沒有事啦？」

『要幹嘛？』

「問妳要不要一起看電影。」本來我接著想說的是我請客啦，但不知何故、話說到嘴邊卻又很油條的變成是：「而且重點是，這可不是在追妳約妳哦，只是單純的站在老同學重逢的純朋友立場所做出的純友情邀約哦。」

『受不了。』她翻了翻白眼，接著煽著眼睫毛耍屌：『不知道耶，我要問我男朋友看他放不放心我和別的男生單獨去看電影。』非常故意的噗哧一下：『雖然是我完全沒有興趣的討厭鬼所以完全不用擔心啦，不過基於男女交往守則還是禮貌性的報備一下比較好吧，呵。』

還呵咧。

「男朋友？相親男嗎？」

『討厭啦，幹嘛把我講得很有行情的樣子，呵～～』接著她得意洋洋的仰天大笑：『我可警告你不要愛上我喲！』

巴了一下她的頭，我說：「妳白痴哦！」

『喂！很痛耶。』

雖然很不想問不過我卻還是忍不住的問：

「什麼時候交往的？」

『兩個星期前。』

「就是某人被氣跑的兩個星期前哦？」

『哈囉？有人在後悔嗎？』

再巴一下她的頭。

『很痛耶林澈一！』

「活該。」算了，「自討沒趣的邀別人的女朋友看電影也無聊，我走啦，掰。」

『等一下啦。』急巴巴的拉住我衣角，好天真無邪的，她問：『你會不會打撞球？』

我點頭：「幹嘛？」

『還是我們明天去打撞球好不好？』

「別人的女朋友——」

『哎喲！他明天要加班所以又沒差，而且重點是，這可不是在追你約你哦，只是單純的站在老同學重逢的純朋友立場所做出的純友情邀約。』

受不了。

撞球。

才一開球我就立刻後悔帶這女人來打撞球了，因為根據昨晚她說想打撞球的神情讓我誤會她是個會打撞球的好手、只是很久沒打了這樣，可是結果並不是，結果這女人居然是完全不懂撞球。

完全不懂！

『好了好了換我打了。』

「換個屁啊？妳沒看到我球進袋嗎？」

『小氣。』

「這是規則不是——」

算了不跟她計較。

沒想到好幾年沒打撞球但一碰著桿手感就又回來了，雖一直球打進袋很有滿足感，可是這女人呆在一旁先是打呵欠後來甚至拿出指甲剪來剪指甲也實在是夠丟臉的。

「好啦，讓妳打一球啦。」

『吼！終於哦！我幾乎都要懊惱沒帶毛線來織圍巾了咧。』

「妳白痴哦。」她是白痴沒錯，因為她拿起球桿就亂敲一通，「妳是把撞球當保齡球打啊！還洗溝咧！」

很丟臉的撿起被她敲到地上的球，忍無可忍的、我吼她：

「妳要先說指定哪個球要打進哪個球袋啦。」

『你很煩耶林澈一，我們為什麼就不能好好的放輕鬆打球呢？』

「可是規則——」

算了。

「好啦，球沒打中換我——喂！」這女人居然自顧著繼續打，「妳是想把人給氣死啊？」

『你很吵耶。』不管我，她繼續自得其樂的拿著球桿好快樂的敲啊敲。『我們去撞丁玩住悠活的時候就是這樣子玩的啊，三個人開三個撞球桌，然後比賽看誰先把球打完，哈，好好玩哦。』

受不了。

雖然很不想上當，但我卻還是忍不住一口氣的問了一堆：

「什麼三個人去撞丁住悠活？妳和相親男？進展這麼快哦？才交往兩個星期耶。」一點也不在意的，她把問題丟回來給我：『這樣算快嗎？因為沒有談過戀愛所以也不曉得進度該怎麼拿捏。』

「是算快沒錯喲。」我很正經的說，「男人通常不會對太好上手的女人認真，真的。」

『哦哦，我也是這樣覺得，所以悠活並不是跟他去住的啦，而是我們的員工旅遊。』然後這女人爆出一陣狂笑，『笑死我了林澈一，你剛剛的表情很吃醋耶，沒拍下來真可惜，哈～～』

「……」

『還有，如果你想問的話，我們現在還只有牽手而已啦。』

「誰想聽妳的這個！」

『明明就一副很想聽又不好意思問的彆扭表情。』

「亂講。」

『還有哦，這不是在勾引你喲，請不要又誤會我愛上你了喲。』

乾脆把她過肩摔了吧？這不可饒的傢伙……

因為和她一起打撞球實在很丟臉，所以乾脆坐在旁邊裝陌生的喝可樂，讓她一個人自得其樂的把球一個個的打進球袋時，我聽見自己悶悶的試探：

「妳是真的喜歡他哦？」

『對啊，不然幹嘛交往？』想也沒想的、她回答，『而且難得有人追我啊，長這麼大了都還沒有談過什麼像樣的戀愛、就是連不像樣的戀愛也沒談過，總是很令人抬不起頭來吧？』

「不會啊。」

『哎！你這種習慣被愛了的人種是不會懂的啦。』

「不要為了寂寞而愛哦。」我說，「否則只會越愛越寂寞。」

「聽不懂你在講什麼。」

「裝死。」

『本來就是啊，老是想太多的話，只會一直一直的錯過吧？』

「這倒也是。」

倒也是。

『不過還真的是託了林澈一的福耶。』

「啥？」

『遇見你之後，我的戀愛運居然就變好了耶。』

「白痴。」

『果真是會為別人帶來幸福的林同學哪。』

「妳倒是會令人不幸的張同學，遇見妳之後就不再有女人愛上我了。」

『呿～～』

哈，好爽。

『欸，你女朋友會檢查你的手機嗎？』

打完這女人自得其樂的丟臉撞球之後，從遊樂場硬是把她拖到麥當勞裡，她突然的問。

「我又沒有女朋友。」

『我是說以前你有女朋友的時候啦。』

「妳想她們敢嗎？」

『說的也是。』

「喬喬有一次偷偷檢查過啦，結果我為此跟她冷戰三天，最後是她哭著道歉才原諒的。」

『喬喬是誰？』

「那位新娘子。」牽引我們又遇見的喬喬，「嘖！早知道我就不要去參加那場婚禮了，沒想到因此遇見妳，真衰。」

『過分。』

哈。

「幹嘛？他會檢查妳手機哦？應該沒必要吧，妳這麼安全。」

『喂！』

「就算他真的檢查妳手機的話，想必也只是給妳做個面子而已啦。」

『最好是啦！呿～～』她下意識的把包包抱得很緊，然後說：『不是啦，只是他常常躲到廁所講手機而且一講就很久，回來的時候表情都僵僵的，問他是誰打來的都說是公司，可是我都不相信，你覺得我這樣懷疑男朋友好嗎？』

不好，而且很危險。

「很好啊，戀愛中的人都是這樣子的啊。」

『可是你剛才說你因此和女朋友冷戰耶？』

騙她一下應該不會被發現吧？

「但是冷戰完之後我們就更甜蜜了啊。」

『是哦……』這話她想了想，然後完全不懷疑，真是笨死了，『而且他交很多網友還參加網聚耶。』她嘆了口氣，『欸，倒不是說什麼偏見啦，只是我真的不太能夠接受網友這東西耶，怎麼想都覺得怪怪的耶。』

「嗯，同感。」

甩了他吧。

『不過算了啦，反正我也不是很完美，瞧我還挑剔別人的咧。』

「妳很好啊。」

『喲？現在是怎樣？我又沒有失戀你幹什麼安慰我。呿～～』

「也對，等失戀再安慰，應該很快吧。」

『喂！』

「哈～～」捏了捏她的膨臉頰，我認真的說：「妳是男人會喜歡的型，我是說真的。」

她臉紅。

「而且妳只要化點妝的話會很像Selina。」

她倒抽一口氣：『真的假的？是在捧我的吧？』

「真的啊。」

不過是比較寬的Selina，但我想這點應該不用告訴她沒關係。

『哇嗚～～好樂啊！』她忘情的高舉雙臂歡呼：『太開心了啦！那麼這樣吧！這頓我請客。』

「妳故意的啊？」巴了一下她的頭，「麥當勞是先結帳的好嗎？」而且這才提醒我，「剛剛妳的餐也是我付的，錢拿來！」

她裝作沒看到：『哦，那真可惜，只好下次囉，哈～』

「不行，現在就把錢拿給我。」

『你什麼時候變得這麼小氣啦？』

誰叫妳捧著小錢包撈啊撈的表情很喜感。

「這也是託了張某人的福，讓我明白賺錢很辛苦。」

『吼～』

「拿來拿來。」

『嗚～～再見了，心愛的，好捨不得跟你們分開喲。』

「我才不要被折成小方塊的鈔票咧，丟臉得要命。」很滿足的把這女人心愛的方塊鈔票塞回小錢包裡，我再度捏了捏她的膨臉頰：「這樣吧，妳明天來我們餐廳吃晚餐當作是回報好了。」

『明天？明天什麼日子嗎？』

「明天是我正式升級廚師第一次做料理的處女秀。」我說，然後想了想才察覺自己會錯意：「哦……我忘了妳晚上還要打工。」

『沒關係啊，我明天請假週末再補班就好了啊。』

「也不用特地為了我請假吧？」

『沒差啦沒差，反正小店很彈性啦。你們餐廳在哪裡？會不會很貴啊？要給我打折哦。』

挑著眉，我問她：「我說妳其實愛的人是我對吧？」

『受不了，當我沒說好了。』

「哈，開玩笑的啦。」

『呿。』

笨死了。

第九章

雖然昨天就和這女人說好了要她今天到我們餐廳晚餐、捧場我正式升為廚師的第一次處女秀，不過才下午時段就看到這女人出現我們餐廳、而且還很裝熟的不請自來直闖我們廚房時，我還是不免感到一陣錯愕。

「妳這麼早來幹嘛？現在是我們的休息時間耶、這位阿桑。」放下手邊正在準備的食材，我要自己盡可能的保持禮貌，「還有，誰准妳進廚房的？」

『因為反正特休還很多，所以就乾脆請一天假啦。』這女人完全不以為意的說，一邊還伸長了脖子的東瞧西瞄的：『嘩！！總算親眼看到你穿廚師服的模樣耶！沒想到還滿有型的嘛、林同學，有沒有考慮去報名型男大主廚啊？欸、我看我先幫你拍張照片好了，來，cheese——』

「che個頭啦！」把她正拿出來的相機拍掉，我說：「我討厭拍照。」

『差別待遇耶，新娘子就給拍，張同學我就不准拍。』

「什麼新娘子？」還有，「妳是晚上要兼差去唱歌仔戲所以提早來是吧？」

瞪著她臉上的彩成一團的大濃妝，終於我還是忍不住的納悶。

而她臉色倏地拉了下來。

「呃……所以說妳並不是為了要去唱歌仔戲所以把自己化成這德行？」

『這德行？』她扯開喉嚨鬼叫鬼叫著：『拜託！是誰昨天說我化點妝就會很像Selina的？就知道你只是在騙我。還有，新娘子就是你來吃喜酒我在當婚禮祕書的那位喬喬啦！』

「妳白痴哦。」用盡了全身力氣、我強忍住要自己別爆笑：「我說的是化點妝並不是叫妳把自己化成活人調色盤，我想周星馳如果看了應該會想要找妳去拍電影。還有，那天是她結婚所以勉強拍一張，因為我們交往很多年卻從沒合照過。怎麼？妳吃醋不成？」

『受不了。走先，別送，哼。』

「慢走，不送。」還有，「騎車時記得把口罩戴好，嚇到路人可不好。」

『我車壞了搭捷運來的啦怎樣！』

老天爺！「那些路人沒事吧？」

『惡劣！』

好爽。

「妳跟我過來啦。」把這女人拉到廁所，我要她照照鏡子：「藍色眼影打底，綠色眼影打層次，更別提妳這粗得活像是貼上去的黑眼線！」

『這叫作繽紛。』

「繽妳個頭啦！」還有，「還有妳的橘色腮紅和鮮紅色口紅更別提妳這口唇蜜是整條吃進去了不成？嘴巴黏成這樣妳居然還能開口講話也算是種厲害。」

『你很煩耶。這妝花了我整早上的時間化的耶。』

「老天爺，那妳整個早上不如來給我掃房子對大家都比較有意義一點。」

『惡劣！』

「惡劣的是妳的化妝技巧。還有妳的眼角是怎麼回事？撞倒整盒亮粉不成？」

『那叫流行。』

受不了。

「還有妳頭髮上那兩團蝴蝶結是怎樣？是想把人氣死嗎？」

『喂！這是有次我看到 Selina 也這樣綁的耶。』

「是想把人給氣死沒錯。」

『我才會被你氣死咧。』

「轉彎出去是 SOGO，妳給我去買卸——」不，越想越不妥，「算了妳在這裡等，還是我自己去買好了，妳這模樣走出我們餐廳會影響我們的觀感。」

『……』

換上便服我就近跑到 SOGO 快快買了基礎的彩妝品回來，搬了張椅子到辦公室，就這麼替這女人卸妝、清潔及重新化妝，彎著腰我要自己專注於手上的彩妝品，但腦子卻無法自制的意識到這是我們最接近的距離、這面對面不過手張開的近距離，這是一年多以來，我再一次接觸到女人柔軟的肌膚，那麼，上一次呢？

云瑄。

當然是云瑄。儘管一年多的時間過去，儘管一年多的不見面，我依舊能夠不費力氣便能回憶起她臉頰放在我手心裡的觸感以及重量，她頭髮的香味，她……

那是他們感情發生危機的那天，如果那天的我——

——葉子的離開，是風的追求，還是樹的不挽留？

一年多前的那天，她問了我這個問題；而一年多以後的現在，我則想透：

可是，葉子，還停留在樹上，不是嗎？

『喂！你在想誰啊？眼神好憂鬱哦！是不是快哭出來啦？』

「沒啦。」

我說，然後把手洗淨，開始替她上妝以轉移我的思緒。

「妳膚質很好，所以搽這瓶潤色隔離霜再撲點蜜粉定妝就可以了，妳懂得弄巧成拙這四個字嗎？就是形容妳的底妝。

「眉毛已經夠濃了，所以我幫妳稍微修一下就好，拜託妳眉毛別再塗得像貼了兩條海帶根。

「眼睛務必別煩它，妳的眼睛已經圓圓的很吃香了，像這樣畫個眼線再刷上睫毛膏就好，眼線妳回家多練習幾次就會上手，妳本來的那些眼影們拜託回家立刻就燒掉我是認真的。

「輕輕刷上腮紅就好，不要再像本來那樣深怕別人不知道妳有上腮紅似的。

「不要塗唇蜜，因為妳嘴巴已經圓嘟嘟的了，不過當然這是我個人的偏見我承認。

「頭髮紮成斜馬尾就好，還有妳的髮質有夠差，毛燥又分叉，拜託妳也保養一下好不好？受不了！」把鏡子轉向她，我說：「好啦，妳自己看，憑良心看，是不是從剛才的阿花變成 Selina？」

結果她看也沒看的就是一直咕咕笑，然後我就火大了：

「講幾次叫妳不要這樣笑！」

『不是啦林澈一，』又是一陣咕咕笑，『只是你好專業哦，該不會外型很 man 的林同學回家之後關上房間做的第一件事就是貼著鏡子給自己玩化妝遊戲吧？』扯開喉嚨放聲笑：『所以你眼睫毛該不會是貼的吧？好自然喏～～』

「妳白痴哦！」打掉她拍著我眼睫毛的手，有夠受不了的我解釋：「以前當模特兒的時候看多了自然就會了啦。」

但確實有時候沒睡好於是眼睛沒神時，我會給自己畫眼線沒錯，但我想這應該不要告訴她比較好。

『所以你和那位新娘子是工作認識的哦？』

「說來話長啦。」而且：「干妳屁事啊。」

『那云瑄又是誰啊？』

「沒啦。」

『哦。』

低頭我看了看手錶，差不多也該去做餐前的準備了。

「這組 Anna Sui 就送給妳好了，還有，」雖然有點無聊而且說來孩子氣，不過我就是很想要澄清：「還有，我才沒有化妝咧！妳不要亂講！」

『好啦，我不會把林同學的私人興趣講出去的啦，』拿起睫毛膏，她問：『但你確定化妝台上的睫毛膏還夠？』

「妳！」

『哈～～』

受不了。

「閒著沒事的話就進來幫忙洗盤子好了啦。」

『好啊。』

本來我以為她說的好啊指的是「好啊，免費的化妝品當然要帶走。」結果沒想到當她俐落的把桌上的瓶瓶罐罐掃進包包之後，還真的跟進廚房來幫忙。

「喂！這位客人，我是開玩笑的啦。」

『沒關係啊，反正我真的閒閒沒事嘛。』

「妳去外面等啦，冰櫃裡有蛋糕，吧檯的咖啡機自己去看怎麼操作，滾出去啦。」

『又沒關係，反正我每次等火車的時候閒閒沒事也是會順便去垃圾桶做垃圾分類啊。』

「真的假的？」

『很奇怪嗎？』

「……」

『她是新來的工讀生哦？』

「不是，她是我朋友，因為閒閒沒事所以跑來幫忙。」

隨著餐廳裡的人一個個的回來之後，這對話我起碼重複了十次那麼多，最後連特地跑來湊熱鬧的老爸和小瑱也這麼問時，我終於忍無可忍：

「張暖晨妳出去坐好啦！很煩吶！」並且：「爸，你們也不要一直跑進廚房來看熱鬧好不好！」還有：「小瑱妳再一直對著我拍照的話，小心我把妳過肩摔！」

『好啦好啦，小少爺生氣了，哈！我們這就出去啦。』小瑱識相的說，但離開前卻還不忘湊近我耳邊：『還說不是新對象。』

「小——瑱。」

「好啦好啦，廚房地板溼滑不適合過肩摔啦，哈。」

這小瑱。

忙完晚餐時段之後，主廚大哥走到我的身邊拍拍我的肩膀說聲表現不錯辛苦了之後，便說老爸他們還在外面看我要不要過去坐坐，雖然我嘴裡嘟噥著我是廚師幹嘛還出去坐檯他們把這裡當成什麼了真是不像話，但卻還是脫下了圍裙把手洗乾淨還順便沖了臉之後就這麼走出去。

雖然早就知道這個張暖晨本來就是和誰都可以一見如故熟成一片的性格，不過親眼看到她和小瑱居然好親密的捱著坐在一起嘻嘻哈哈、我心底還是免不了一陣發麻。

「喂！去給我倒杯咖啡啦。」巴了一下張暖晨的頭，我說：「順便切一塊 cheese cake 過來，看妳下午吃那麼多真不爽，小心又胖回八十公斤啊妳。」

『囉嗦鬼。』

張暖晨離座之後我順勢坐在她原來的位子上，連「椅子被她坐得有夠熱，噁心！」都還沒抱怨完時，小瑱果真就立刻好八卦的飄來一句：

『你好像在使喚老婆哦、小澈。』接著：『這個弟妹我喜歡。』

「拜託不要開這種玩笑好不好？有夠不舒服的我晚上八成會因此作惡夢。」

『林澈一你要加糖和奶嗎？』

「黑咖啡。」還有，「不要在餐廳裡這樣扯開喉嚨喊好不好？妳是把這裡當菜市場哦？」

『你自己還不是扯開喉嚨和她對喊。』小瑱噗哧的笑，『而且你們好像老夫老妻哦？是認識多久啦？』

「妳有病哦。」

『林同學你怎麼連對姐姐都這麼沒禮貌呢？』把咖啡和蛋糕放在我面前，然後她抗議：『你幹嘛坐我位子啊？』

「讓妳坐我爸旁邊，成全妳的心願不是很好嗎？」

『什麼心願？』

老爸和小瑱異口同聲。

「這女人從國中就暗戀你啦、老爸。」

她臉紅。

「還說如果能有你這種爸爸的話連做夢也會偷笑咧。」

『我又沒說做夢會偷笑！』

「我警告妳少肖想當我阿姨哦。」

『林澈一！』

『好啦好啦別逗她啦。』老爸笑咪咪的說：『那麼這樣吧，我收妳當乾女兒好不好？』

「我才不──」

『哇！好開心哦、乾爹～～』

「噁心。」想了想，我覺得有個什麼很不對：『這樣我們不就變成乾兄妹還乾姐弟的？』

我抗議，然後很困擾的試著想要想起她的生日是什麼時候。

『乾兄妹啦，你大我三個月又五天，所以是乾兄妹啦。』

連想也沒想的、她脫口而出。

「妳幹嘛偷記我生日而且還記得那麼清楚？」

她語塞，還臉紅，臉超紅。

「原來真的是我哦。」

『你們在講什麼啊？』小瑱霧裡看花似的問，『怎麼都聽不懂？是什麼祕密嗎？』

「是啊，這女人從國中就暗——」

『林澈一！』

打斷我們的吵鬧，老爸替他新的乾女兒轉移話題的說：

『小瑱剛剛請小晨當她的婚禮祕書哦。』

「婚禮祕書？」我有沒有聽錯？「妳不是不結婚的嗎？」

『本來是這樣想沒錯啊，因為有夠麻煩的，光想就火大。』小瑱理直氣壯的說，接著好親密的握住張暖晨的手：『但我剛剛才知道原來結婚可以請人安排簡直方便又省事，所以就沒道理不結婚啦。』

「老天爺。」

簡直受不了。

『怎麼怎麼？你捨不得姐姐我嫁啊？』

「拜託。」

『好啦好啦，看在你這麼捨不得的份上，姐姐今天回家陪你睡覺好了。』

「才不要咧。」

結果小瑱還是硬坐上我的車要跟我回家，而至於那個張暖晨則由老爸開車送她回家，在餐廳門口送別時看著她好開心的挽著老爸的手臂就這麼歡天喜地的走掉，不知怎的居然讓我感到很不是滋味。

「有男朋友的女人居然還這樣，真是不像話。」

熱車時，我忍不住的嘟囔著。

『我突然覺得好受傷。』

「啊？」

「其實你想送的人是小晨吧？」

「神經病！我才沒興趣當司機。」我說，「而且還是那女人的司機。」我越說越氣：「可惜你們沒有早點來，不然就可以親眼目睹那女人的化妝技巧，與其說是很差不如直接說是場災難，嘖！沒拍照存證真是可惜。」

我知道我該閉嘴專心開車了，因為小瑱的臉已經好八卦的亮了起來，可是沒有辦法，一想起那個張暖晨就讓我很不像我的一直囉嗦下去：

「……紙鈔還折成小方塊，連百元鈔也不例外，真是受不了。」

『小澈——』

「好啦我知道我沒有愛上她不是妳想的那樣妳不要再白費唇舌了。」一口氣說完這一堆，忍不住的我自己也笑了起來：「總之呢，她不是我喜歡的型啦。」

喬喬才是。我心想。搶眼高瘦又冷豔，天生的 camera face，就連早上醒來伸個懶腰看來也像是 MV 畫面那般的魅力。

「喬喬才是我喜歡的型。」

結果我還是張開嘴巴特地把這句話給說出來，像是講給小瑱聽，也像是提醒我自己。

再一次的提醒我自己。

『可是你最近變得很多啊，變得比較坦率了，而且甚至開始認真工作了呢。』

「那是因為反正也不年輕了。」

『個性也變得好很多。』

「講得好像我本來多差勁。」

然後小瑱就抱著肚子大笑起來：

『改變最大的就是這點啦！你話變多了，換成是以前的小澈，就只會嗯啊哦的或沒啦、這樣子的回答而已，我好喜歡現在的你哦、小澈！』

「發神經。」

很奇怪，我明明是想罵小瑱，可是結果卻連自己也笑了起來。

『是個不錯的女孩哦、小晨。』

「她有男朋友了啦。」

『這你講過了啦、小澈。』

「而且知道她有男朋友的時候，我其實鬆了口氣。」

『但你的表情怎麼不像是鬆了口氣？嗯？』

於是我只得承認：

「如果連續兩次的話，我大概會瘋掉吧。」

『第二個云瑄？』

「說得還真直接。」我苦笑，然後坦率的承認：「有時候看著她會讓我想起云瑄。不過很奇怪好幾次我都氣得想把她過肩摔可是結果都沒有，當然這有可能是因為她比較重啦，而且不用說的是云瑄比較漂亮這沒話說，妳知道國中的時候那女人胖到八十公斤嗎？那時候她家賣水餃——」

『小澈……』

「好啦我知道。」

都是那個張暖晨害我變得和她一樣饒舌，嘖。

『原來我老弟口是心非的時候是會多話哦。』

「聽不懂妳在說什麼。」

『你姐夫也不是我的型。』

突然的，小瑱說。

『他不是我交往過的男友裡面最帥的、最有錢的、最紳士的、最特別的，而且他的肩膀甚至有點窄，你知道我向來偏好寬肩膀的男人。可是我發現和他在一起的時候總是笑著的。

『他的缺點我可以說上三天兩夜也說不完，可是你知道最好玩的是什麼嗎？當我數落著他的這些那些時，口吻也都還是笑著的。

『我才不管那些女性雜誌那些兩性書籍怎麼說怎麼教怎麼分類好男人壞男人的，全部滾開別煩我，我只知道當我想起這個人、他的好他的壞，我的心情都是甜的，我的表情都是笑的，那麼他就是我的對的人。

『所謂完美的戀人並不存在，完美的只有想要和對方一直走下去的那份堅定而已。所以，如果你遇到了那個對的人，請為她堅定，請不要膽怯，是因為人生沒有辦法重來，也是因為，在愛情裡，很多人很多事很多珍貴，錯過了就是錯過了。

『所以，為什麼不把握？』

最後，小瑱這麼說。

而那晚我並沒有讓小瑱一起回家，相反的，我還是把她送回去交給準姐夫，因為，我突然發現我很想回家點蠟燭，只有我自己的燭光之夜。

第十章

連續幾個休假我都沒有再找那個張暖晨，不但是電話都沒再打給她，就是連租DVD都刻意繞到比較遠的出租店去，我讓自己刻意的疏離她，我對於自己的這個明智決定感覺到非常的滿意，雖然連我自己也搞不懂這是想要證明什麼。

而那個張暖晨也沒再找過我，雖然也明白她這沒可能也是在刻意疏遠我、而只是她本來就不是那種會主動打電話給別人的小氣個性，可是每當一想到這點時我還是不免一陣火光；好幾次我都惱得忍不住想要打電話給她，說句：「妳才不是我喜歡的型！」然後立刻帥氣的掛掉，不過還好我總是忍住沒有這麼做，因為這實在是很神經。

可是云瑄也不是我喜歡的型，本來。

如果那年我對云瑄也及早保持距離呢？我忍不住的想。如果那年我們能夠及早發現感情就要越界而適時的抽離呢？那麼現在的我們會不會就能夠還是朋友？她聊她的小天，我憂我的喬喬，是不是就能夠不會落到現在這般兩難的見也不是、不見也難受了呢？我——

我還是撥了電話。

接著半小時之後，我看見喬喬走秀似的走進我的視線裡。

『還以為電話裡你是開玩笑的咧。』指著自由廣場這四個字，喬喬做了個誇張的鬼臉：『也沒必要因為我是人妻了，就故意約在這麼開放的場所見面吧？』

「打給妳的時候我人就坐在這裡了。」

『好端端的幹嘛約這裡啊？真的很不像我認識的小澈耶！認識你這麼多年，這還是我們第一次在中正紀念堂碰面吧？』

「現在改成自由廣場了。」我糾正她，「因為想看鴿子所以就來這裡啦。」

『好端端的看什麼鴿子？』

笑了笑，我沒解釋，因為解釋了喬喬也不會懂，這大概只有我心裡頭的那位鴿子少女才會懂吧。

「妳怎麼還是沒戒菸啊？」轉頭我看著一坐下就立刻燃起一根香菸的喬喬：「妳老公沒要妳戒菸嗎？」

『有啊。』挑釁噴了我滿臉煙，喬喬才又說：『但我都沒為你戒了，哪可能為了他戒啊。』

「別再愛我啦。」

我開玩笑的接腔，結果喬喬一副好像我是瘋子鬼上身的吃驚表情。

「我開玩笑的啦。」

我說，然後苦笑。也對，這種玩笑大概只有那個張暖晨才會懂吧。

『有人心情不好哦？』

「這麼明顯？」

『廢話，我可是從你還留著呆呆旁分髮型的時候就認識你了耶。』

「需要我提醒妳，我們認識的時候某人留的是什麼劉海嗎？」
『不必，謝啦。』喬喬怏怏的說，然後很不自在的挪了姿勢，結果發現穿著短裙坐在台階上依舊是會曝光時，她索性站了起來：『去喝咖啡吧！這裡好冷哦。』
「再陪我坐一會可以嗎？」
我說，然後脫下外套為她蓋著遮腿，而喬喬則順勢捱緊了我身邊，挽著我的手臂說：『感覺好像回到以前我們約會的時光哦，真懷念。』
「已經是人妻了就拜託別再說這種話了吧。」
『一起逃跑吧、小澈！我願意陪你一起逃跑。』
「神經。」
『呵。』坐直了身體，把外套完全覆蓋住自己之後，喬喬才又說：『是因為小瑱要結婚了所以很心煩嗎？』
「她跟妳說啦？真快。」
『是啊，但日子聽說還沒確定的樣子。』她不懷好意的笑：『這下子就一定會見面了吧？』

「該來的總是躲不過吧。」

『誰叫你當初要為了她而甩掉我。』喬喬說，然後嫣然一笑：『這句話就算說了一百次我也不會膩的。』

「當初又是誰一直劈腿的？」

『這種事拜託就請忘記吧。』

「妳喲。」

『但你們最後卻還是沒在一起，這事真的嘔到我。』

我無言。

「妳知道嗎？離開她之後，我心底一直有個畫面希望能夠實現，本來是希望能夠等到那個畫面再見面的，可是……」

『什麼畫面說來聽聽。』

「畫面裡有她和小天，以及我和我的女孩，而畫面裡的我和她，就像現在的我們這樣，敞開心房笑談往事。」

『你的女孩出現了嗎？』

果真還是喬喬，總是直接就問重點；而我本來是很想點頭的，但結果卻是搖搖頭，我問她：「喜歡和愛要怎麼分辨？」

『簡單，喜歡是友情，愛則是愛情。』

「喜歡有可能變成愛嗎？」

『就像你和云瑄哪。』

「那愛變成喜歡呢？」

『就像我和你囉。』

「兩者有可能同時並存嗎？」

『那對方肯定是你錯過不行的人。』

——所以，為什麼不把握？

「她有男朋友了。」

『搶過來啊，客氣什麼。』

「我不曉得。」

我，真的不曉得……

『不是有句話這麼說嗎？不二過。』

「嗯？」

『我覺得這句話放在愛情裡簡直是再適合不過了。』喬喬俏皮的笑了起來：『在上一段感情裡犯過的錯，千萬就別在下一段感情裡重蹈覆轍了；當年沒有堅定到最後，這次就別再又錯過。』

「講得跟真的一樣。」

『本來就真的啊！愛情本來就是不等人的，誰叫邱比特長了對小翅膀。』

「可是萬一她和我在一起，結果卻沒有比較幸福呢？」

『小澈——』

打斷她，我說：

「我越來越覺得自己好像是愛情裡的中間選民。」

愛情裡的中間選民，游移在愛與讓之間的擺渡者。

『我不說客套話的、小澈。』筆直的凝望著我，喬喬難得溫柔的笑著：『你是個很好的情人，但卻是個很笨的愛人。』

「嗯？」

『幸福這種東西，怎麼可以由單方面來決定呢？』並且：『你為什麼性格霸道，但是面對幸福卻無可救藥的紳士呢？』

「……」

『幸福從來就不是一個人的事，而你，卻總是自己就做了決定。』

喬喬說，而我笑，轉頭我凝望著她，這是我們之間從愛轉變成喜歡之後，第一次，我覺得自己很幸運，真的很幸福；擁有過這麼美麗的喬喬，分手後還能是朋友的喬喬，點出我長久以來愛情盲點的喬喬。

或許關於愛情的盲點，真的是需要曾經相愛過的那個人來點破的吧，我想。

在走出自由廣場時，我看著一旁比著U拍照的觀光客，我想起喬喬結婚那天我們的合照。

「對了，妳照片還沒寄給我。」

『什麼照片？』

「妳婚禮上，我們的合照。」

喬喬歪著頭想了想，花了好一會的時間才終於想起來：『對哦，我們唯一的合照。』

「就知道妳壓根忘了。」

這總是不經心的喬喬，總是把感情說在嘴上卻從不放在心上，不像那個張暖晨……

「妳幹嘛？」

看著立刻拿起手機準備撥號的喬喬，我不解的問。

『叫我老公幫我找照片啊，不立刻打給他的話，我一定又會忘記。』

「是在那女人的相機裡。」

什麼『那女人？』

「妳的婚禮祕書。」

我說，接著幫喬喬回憶那天她的相機是如何的忘了充電，她老公是如何的因此挨罵，接著那個張暖晨是如何的被她使喚。

『這樣我就想起來了。』

又是花了好一番力氣回想之後，喬喬說，接著她依舊拿起手機撥號，本來我以為喬喬是打給那個張暖晨要她立刻處理，但結果喬喬卻依舊是打給她老公命令他立刻處理；我有點驚訝的發現自己居然很希望是前者。

我真的愛上她了？

「所以她寄給妳了？」

『嗯啊，好像隔天就收到了吧？我也忘了。』不耐煩的搖搖頭，『哎啊，你也知道我一向討厭碰電腦的嘛。』

「妳覺得她如何？」

在車上，我試探的問喬喬。

『誰？』

「那女——」我趕緊更正：「妳那個婚禮祕書。」

喬喬困惑的回想著，然後說：『還不錯啦，滿好罵的。幹嘛問？』

「沒什麼，只是小瑱也找她當婚禮祕書所以想問問可不可靠。」

『是個還不錯的婚禮祕書啦，這下子小瑱可輕鬆了。』

「而且我們原來是國中同學。」

『是哦，好巧。』

「而且她就是我說的那個女孩。」

我以為我這麼說了，可是我沒有，不曉得為什麼還是沒有說。沒勇氣說。

『欸，附近先找個停車位。』手指著前方的唱片行，喬喬說：『我要買張唱片先。』

「誰的？」

『楊宗緯，一直就想要買可是一直就忘記，還好剛才你提到鴿子所以才又想起。』

「楊宗緯？鴿子？」

『你離開台灣的這一年出現了不少的好聲音哪。』

「哦。」

唱片行。

在唱片行的門口，我停下腳步，想了想，我還是說：「我在外面等妳好了。」

『怎麼啦？』

因為上一次和我一起走進唱片行的人是云瑄，我怕我又想起她；我厭倦了總是不請自來的回憶，我也想要和她從愛再變成喜歡、就像和喬喬這樣，我感覺我對她慢慢慢慢就要變成這樣了，但不是今天不是現在不是這一分這一秒這個我們曾經一起走過的唱片行。

「裡面太擠了。」

結果，我這麼說，而喬喬不解的望著其實並不擁擠的唱片行，不過她沒多說什麼、就這麼單獨走進去；然而才一分鐘不到的時間，喬喬便又再度走進我的視線。

『請問是羅志祥嗎？』

「妳很無聊耶。」

『哈！小瑱說得沒錯，這遊戲怎麼搞的就是玩不膩。』

「無聊。」

『走吧，我買好了。』

「依舊是做任何事都很快的喬喬啊。」

「沒錯。」一邊並肩走著，一邊喬喬就迫不及待的塞了張唱片到我手上：『這個，給你。』

「妳幹嘛又多買一張。」

『沒辦法，這習慣一時改不了。』

聳聳肩、喬喬說，而我，苦笑。

確實是啊，從前的我們總是習慣買東西時會特別多買一份給對方，於是有很多年的時間裡，我們總是連體嬰似的用著同樣的手機，聽同樣的CD，讀同樣的書，穿同樣的球鞋，吃同樣的宵夜……那時候的我們是否能夠接受最後的我們結果還是分手？是否願意相信分手之後的我們從愛變成喜歡還相處得自在？

「現在和妳老公也是這樣嗎？」

『沒有。』喬喬搖頭，明快的說：『那是和你的習慣，只和你的習慣。』

「呵。」

『所以，你也不可以把這習慣帶到下一個女朋友身上哦。』

「妳白痴哦。」

『我是啊。』

「呵。」

之後我們一起到老爸的餐廳晚餐、就像以前那樣，只是關係已經改變。

很奇怪，當小瑱在越洋電話裡告訴我喬喬結婚的消息，甚至是獨自前往參加喬喬的婚禮時，我都還不曾感覺到失落過，可是在晚餐的最後、當喬喬打電話要她老公來接她時，我反而真正的感覺失落，不是遲來的失落、卻是具體的感覺到失落這兩個字在我腦海裡清晰的浮現。

多出來的人是我。

『啥？』

站在餐廳門口，正和老爸開心話別的喬喬突然轉過頭來問我。

「什麼啥？」

『你剛剛說什麼多出來的人是我？』

我又不自覺的脫口而出？

「沒啦。」推著喬喬的後腦袋，我笑著催促她上車，「以前我最討厭的就是等在車裡看著妳和別人說說笑笑的慢吞吞道別，那感覺真差，好像我只是個司機而不是男朋友。」

『幹嘛啊？突然的翻舊帳。』

「不，是以身為前男友的身分給好朋友妳的忠告。」

『神經。』

喬喬笑著說。

「這正是舊情人變成好朋友的好處啊！今天在自由廣場看著鴿子時，某位美女給我的啟示。」

『那麼身為前女友的我則提醒你一下好了，我老公是站在車外等，而你只是等在車裡面。』

「白痴。」我笑著又重複了一次，而這次的笑，則多了其他的什麼。「好啦，再見囉。」

以及：你們要幸福。在心底，我補上這一句；目送著他們離開的背影，我由衷的在心底祝福著、祈願著。

回家。

在車上，我把CD定在喬喬指定要我聽的這首〈洋蔥〉，大概是因為此時只剩下我一個人的關係，於是這次我得以專心的聽清楚歌詞，而非只感受歌聲。

如果你願意一層一層一層的剝開我的心
你會鼻酸　你會流淚　只要你能聽到我看到我的全心全意

詞／阿信（五月天）　曲／阿信（五月天）

抽出歌詞我打開車內的燈仔細看，果真沒意外的是出自於五月天的阿信所寫下的創作，我一直就很喜歡他的這個人：乾淨，才華，及信念。

在歌聲裡，閉上眼睛，我想起那個下午，那是老爸新店開幕的當天下午，那是我準備好再次避不見面的下午，我無事可做卻心煩意亂，懶洋洋的我躺在沙發上，吃著外送的披薩，手裡我按著遙控器隨意亂轉，最後頻道定在五月天的〈九號球〉這支MV上，眼睛盯著這MV，心底我慢慢慢慢的沉澱。

沉澱。

接著當天晚上，我和那個張暖晨晚餐，然後被她激到，然後我決定工作，我——

——不過沒想到你還滿聽話的嘛，婚禮一結束就立刻去找那部電影看。

——笑死我了林澈一，你剛剛的表情很吃醋耶，沒拍下來真可惜，哈～～

——你好像在使喚老婆哦、小澈。

——乾兄妹啦，你大我三個月又五天，所以是乾兄妹啦。

——可是你最近變得很多啊，變得比較坦率了，而且甚至開始認真工作了呢。

——所謂完美的戀人並不存在，完美的只有想要和對方一直走下去的那份堅定而己。

——喜歡是友情，愛則是愛情。

——幸福從來就不是一個人的事，而你，卻總是自己就做了決定。

開車。

明明我是要自己開車回家洗澡睡覺然後把這些那些都忘掉，可是我的意志此刻好像並不由我自己控制，因為我發現我最終還是把車停在出租店門口，而手裡還拿著方才繞道去超市特別買來的白鴿冷洗精。

我到底在幹嘛啊？

『啊，是你。』

站在出租店門口，正準備打烊的這位不曉得是不是老闆娘的女人一見著我就這麼喊住我。

「請問……」我疑惑的看著她：「張暖晨今天是請假嗎？」

『小晨？小晨已經辭職囉。』

「啊？」

『咦？她沒告訴你嗎？我還以為……』視線往下，她更疑惑了：『這個？這個冷洗精是有什麼事嗎？』

「沒有，我只是……」

明明我有一大堆的問題想要問，像是：她為什麼辭職？什麼時候的事？她……可是我的腦子卻一片混亂的什麼也說不出口問不出口，只是楞楞的把冷洗精交到同樣是一頭霧水的她手上，然後轉身離開，這樣而已。

她也要結婚了？

≫第十一章≪

——某人大半夜的送瓶冷洗精過來是幹嘛啊？

一早我就被手機的簡訊聲吵醒，而傳來的人正是那個張暖晨，於是連牙也沒刷的我立刻回撥電話給她，然而聽到的回應居然是用戶已關機。

「搞什麼鬼啊！」

一肚子火大的、我嘴裡還含著牙膏的泡沫就這麼對著鏡子吼了這一句，結果我不知道這是在吼她還是我自己；心浮氣躁的走出浴室走回房間換衣服，我心想出門吃個悠哉哉的早餐然後就上班去，可是牛仔褲才一穿上時我卻又還是拿起手機打給那個張暖晨，結果用戶依舊關機中。

「管她去死。」

一邊這麼嘟噥著一邊我氣呼呼的出門，可是從鎖上門到走往樓下轉角的星巴克時，我卻是依舊按著手機的重撥鍵，重撥又重撥直到我發現自己越來越受不了，然後我發現自己真的再也受不了了，因為——

『先生，你拉鍊沒拉。』

點完餐買好單，才一轉身，排在我後面的這位女士就一臉尷尬的悄聲提醒我，漲紅了臉我道了謝立刻拉上拉鍊就這麼狼狽的選了靠窗的位子坐定。

「都是那女人的錯。」

嘴裡咬著可頌、心裡我悶悶的抱怨，接著我再度拿出手機，不過這次不是打給那個傳來簡訊卻又關機的神經張暖晨、卻是打給小填。

『啊！這麼早什麼事啊、小少爺？鑰匙反鎖在屋子裡嗎？』

「不是啦我只是……」算了，我腦子快爆炸了，一時間也想不出個藉口，於是我決定直接的問：「妳和那個張暖晨有聯絡嗎？」

『小晨？沒有啊，怎麼了？』

「也沒什麼事啦！只是她不是當妳的婚禮祕書嗎？怎麼就這樣悶不吭聲的也說不

過去吧？」

『一大早的打給我就為了這個？』小瑱噗哧的笑，『而且我只是決定了要結婚又不是趕著要結婚，怎麼？我老弟——』

趕緊打斷這個八卦鬼小瑱，我快快的說了個連自己也覺得無聊到不如別說的藉口：

「還有啦，我突然想到有次叫她幫我買星巴克但錢還沒有給她所以……」

所以手機那頭的小瑱笑得更大聲了。

「好啦，只是她早上傳來個莫名其妙的簡訊可是我回撥過去卻又一直是關機的所以我才會越想越不對然後——」

『停停停！你什麼時候丹田變得這麼好啦？說話都不用打逗點的哦？』

「小瑱！」

『而且顯然這份想必至多幾百塊的錢很急著要還。』

「小瑱！」

『好啦好啦不鬧你啦。』終於笑夠了之後，小瑱才說：『那你就傳個簡訊請她回電不就好啦？』

「這我當然知道只是……」

只是她為什麼關機？她在什麼地方？她怎麼了？她——

『你愛上她了、小澈。』回過神來，我聽見小瑱這麼說著：『千真萬確的愛上她了。』

「一大早的別說這種沒營養的話好不好。」

我悶悶的說，然後就這麼掛了電話，雖然我想說的其實是：可是她有男朋友了。

雖然她曾經是暗戀我的、在國中的時候，雖然她曾經是說出了口的、在電梯前的那次，雖然……

搖搖頭，我把這些傻念頭趕走，然後命令自己專心吃完早餐。

還好今天是週末所以餐廳裡的生意很忙，忙得我沒多餘的心思去煩我的手機和我自己，等我再度想起那個傳了簡訊卻又關機的張暖晨時是下班正在換衣服，而且這次我有特別注意拉好牛仔褲的拉鍊，會這麼特別注意是因為當我低頭拉上拉鍊時，那個張暖晨正好來了電話。

終於來了電話。

『都這麼大的人了要找我也不用透過姐姐代傳簡訊吧？』

電話才一接通，她就沒事般的丟來這句風涼話，聽得我真是一肚子火大。

「妳幹嘛手機一直關機？」

『你才幹嘛大半夜的帶瓶冷洗精來找我啊？』

「晚上十點哪是什麼大半夜的。」

『對早睡早起者而言晚上十點是大半夜的沒錯啊。』

「但妳又不是早睡早起者是在跟人家大半夜個屁啊。」越說越火大，「所以妳是特別打電話來跟我討論晚上十點是不是大半夜嗎？這位少女！」

然後她就笑了，只是笑得有氣無力，不像我認識的那個笑點很低的、總是吃吃笑的張暖晨。

「妳在哪裡啊？為什麼辭掉打工了？」

還有，為什麼這麼久沒和我聯絡？

我的心裡是很想這麼問的，可是我的自尊卻不允許我這麼問。

——需要我分一點自尊心給妳嗎？

——自尊心能賣錢嗎？

突然我想起我們在認識之初曾經有過的這對話，然後我忍不住的笑了出來。

『幹嘛突然笑啊？林澈一。』

「因為妳很好笑啦。」

『呿。』

「所以咧，妳到底在哪裡啊？為什麼辭掉打工還手機一直關機？」

『當然是因為有事啊，這還用說。』

「廢話！所以我問的是妳到底是出了什麼事了啊！」

『你這是在關心我嗎？』

「不然咧？」

沉默了老半天之後，她才低著聲音說：

『我在醫院啦，因為不曉得醫院能不能開手機印象中好像是不行雖然是問一下護士就好的可是我真的沒有心情——』

打斷她，我捉住她話裡的重點，問：

「醫院，妳怎麼了嗎？」

她沒回答我她怎麼了，她反而是自顧著說：

『妳會不會死掉啊？真是的，這種話這世界上也只有林澈一你說得出口吧。』

她試著開玩笑的說，可是聲音裡卻藏不住的哭。

「妳怎麼了？」

『不是我，是我媽。』

她說，然後，哭泣。

醫院。

感覺好像重新認識她似的，當我立刻趕到醫院、遠遠地望著白色走廊的那端、她和她弟弟一語不發的並肩坐在長椅上時，在我們同班的那三年、在我們再次遇見的這幾個月以來，這是我第一次看見她的這一面：安靜的不安。

也是第一次看到她的家人，還是學生模樣但卻已經是個警官的她弟弟，以及，加護病房裡意識尚未清醒的她媽媽。

沒有爸爸。

在簡短的自我介紹之後，我知道她弟弟去年夏天才從警察大學畢業，目前分發到消防局任職小隊長；之所以念警大是出自於經濟因素的考量，之所以選擇消防隊則是因為受到九一一恐怖攻擊事件裡那些英勇救人的打火英雄所影響。

『可以救人的感覺很棒。』

她弟弟說，然後靦腆的笑了起來，我注意到他和她一樣都是有著可愛的膨臉頰以及白皮膚，不曉得是不是因為膨臉頰的娃娃臉、於是她弟弟看起來仍然稚氣未脫，一時間真的很難想像他穿著制服是個警官的模樣；她在女孩子裡算是中上的身高，而她弟弟則更是高上許多，是起碼接近一九〇的那種高度，唯一和張暖晨不同的是他相當的瘦，看來像是天生瘦的那種身型，我想這點大概是遺傳自父親吧。

在緩和氣氛似的自我介紹之後，我終於還是忍不住的問起張媽媽的病情，雖然我問的對象是張暖晨，不過回答的人卻是她弟弟，我想這應該不是他比姐姐更多話、卻是因為此刻的她安靜得不像話，不像我認識的那個張暖晨。

就像她之前說過的、張媽媽有糖尿病，雖然是無法治癒的慢性疾病，但其實只要病人確實忌口並且按時服藥倒也就能控制得當；關於後者張媽媽是乖乖遵守著沒錯，但前者就真的很為難張媽媽了。

『除了你們兩個寶貝之外，吃是我人生中最大的快樂哈！』

她弟弟又氣又笑又心疼的模仿每回他逮到媽媽又偷吃時、張媽媽愉快又滿足的神情。

當下我發現自己很是替他們慶幸的，慶幸這姐弟倆遺傳了媽媽開朗的天性，卻又不被父親的不負責任所擊倒而怨天尤人自甘消沉。

慶幸。

病情惡化的關鍵點是源自於一個小傷口，一個被張媽媽輕忽而隨意自行塗藥處理的小小傷口，後來一發不可收拾的引發細菌感染，又拖延就醫時間於是導致的敗血症，由於白血球指數飆高於是心臟負荷不了而昏倒在廚房時，才驚覺事態的嚴重而叫了救護車送進急診室。

『還好那天是週末我剛好回家。』低垂下了眼睛，她弟弟說：『雖然那時候很氣我外婆怎麼沒有及早發現才會變得這麼嚴重，後來想想這其實也不能都怪外婆，因為老人家真的不懂。』

「嗯。」

『不過轉院到台北之後，我才承認其實我最氣的是自己，我應該申請南投的單位的，不應該貪圖留在台北的……』

「我……」

我是很想說些什麼好安慰他的，可是開了口卻又不知道該怎麼正確無誤的表達，不曉得是不是看穿了我這一點，一旁始終沉默著的張暖晨此時終於說話了，她輕聲的說：

『好了啦弟弟，已經太晚了，你明天還要上班耶。』

『又沒關係。』

『我一個人等就好了啦，反正你在這裡也只是乾等而已啊，而且你們宿舍又那麼遠，這麼晚還騎車又危險，媽媽一醒來我會立刻打電話告訴你的啦。』

『我再待一會啦，姐姐妳倒是睡一下啦。』

「沒關係啦，我會在這裡陪妳姐姐，反正我家離這裡很近。」

『但——』

『可是你明天也要上班不是嗎？』轉頭看著我，她說：『沒關係啦你們一起走啦，反正我白天也是一個人在這裡啊。』

「白天？」

『嗯，飯店那邊我先辦了留職停薪，雖然不確定是不是能夠復職不過反正工作可以再找可是媽媽——』

她哽咽得說不下去，顧不得她弟弟就在旁邊，我，將她擁入懷裡。

是出自於朋友的不捨，在心底，我這麼告訴自己，試著這麼告訴自己。

最後她弟弟買了兩罐咖啡放在長椅之後就一臉疲憊的離開，我不曉得張媽媽在這醫院昏迷了多久，但我猜想她弟弟應該是每天下班之後就立刻過來的兩頭忙吧。

那她呢？

「妳現在住哪裡啊張暖晨？」

她已經離職了還能繼續住在飯店的宿舍裡嗎？

『一樣啊，不過很少回去就是了，因為太遠了。』

她說謊。

「妳不會是一直就待在醫院裡吧？」

閃爍著眼神，她故意轉開話題：

『不會是三天沒洗頭了、剛才被你聞到臭味所以這麼誤會吧？』

「妳——」

『哎喲，我一個人真的可以啦！你不用陪我啦！工作了整天應該也累壞了吧、林澈一。』

「妳管得著。」

『受不了。』

她無力的瞪著我，接著她圓嘟嘟的嘴巴想要說些什麼囁嚅了一下但是結果卻什麼也說不出口；本來我以為她想說的是那些我們已經開成了習慣的玩笑話：是不是愛上我啦、林澈一？

那麼，我便能堅定的回答；對沒錯，我知道妳有男朋友了，但我就是無法自拔的愛上妳了，我說的是無法自拔。

『不如這樣吧。』重新思考過後，她結果說的是這個：『跟你借個浴室洗個澡好了。』

「妳真的就住在醫院裡？」

『是啊。』

這次她大方的承認，可能是累到沒有力氣逞強了、我想。

『這裡是有個洗澡間，可是太小了我每次都洗得好不自在，而且說真的半夜在那裡洗澡我都會胡思亂想的好可怕哦。』

「那走吧。」

回家。

大概是心裡還惦記著張媽媽而無心交談的關係，整個車上張暖晨都沉默著不發一語，而我也不好意思打擾她，因為我看得出來她其實在哭，我是有點慶幸車內的昏暗，因此不會破壞了她以眼淚宣洩擔心。

就連回家之後我們也只簡短的交換「浴室在那裡。」『那我先洗吧。』的對話，接著我坐在沙發上打開電視，試著專注的盯著電視裡重播的新聞以驅趕我身體裡的濃濃睡意；連一罐啤酒都還沒來得及喝完，張暖晨就帶著一身沐浴後的清香重新回到客廳，她應該是迫不及待想回醫院吧，我心想。

於是我起身，說：

「我先陪妳回醫院，明天早上我再回來就好。」

『不用啦林澈一，你先去洗啦，你身上有汗味耶。』

「可是——」

打斷我的可是，她搔著肚皮、左顧右盼的說：『有沒有什麼吃的啊林澈一？我好餓哦。』

「有啊。」我說，然後笑了起來，放心的笑了起來；她心情應該是平靜了不少吧！因為她又變回我認識的那個張暖晨。「冰箱有一些微波餐盒，妳自己去熱了吃啦。」

『好啊。』

因為還是很不放心，所以我折回腳步，叮嚀：「我洗澡很快，但妳慢慢吃沒關係吧。」

『林澈一！』

「幹嘛？」

『我……』

「到底幹嘛啦！要說不說的小心我揍妳。」

『我是想說，想親口說，謝謝你今天對我這麼好。』

因為很難為情的關係，所以我故意的大聲說：

「那請珍惜吧！因為也只有今天啦。」

『呿～～』

呵。

然而，當我快快的洗完澡走出浴室時，屋子裡卻已經空無一人，只除了客廳桌上她匆匆寫下的字條：

謝謝你過來，但我一個人真的就可以。

By 暖晨

把紙條對折塞進口袋裡，我打開冰箱檢查了一下，才知道她根本連碰也沒碰，她只是想支開我，她只是想把我騙回家，她只是不好意思麻煩我，她根本連一步也不願意離開醫院。

最後這個念頭打消了我想給她送宵夜過去然後陪她待到天亮的想法，於是我只是拿起手機，傳了個簡訊給她，然後讓自己沉沉的睡去，這樣而已。

——明天下班給你們送宵夜。張媽媽不會有事的啦。

第十二章

早上醒來的第一個念頭就是想打電話跟主廚大哥請假，好到醫院去陪她一起守候張媽媽醒來，雖然自己也覺得應該是沒有可能但還是希望她起碼能夠來到這裡躺在床上讓自己睡個好覺休息一下反正有我代替她守在醫院；不過手機才一拿起上頭的日期便點醒我今天是星期日而我們是絕對禁止臨時請假的。

「但我是老闆的兒子，換個不客氣的說法其實我本來要是老闆也可以，所以老子今天要休假。」

對著手機我自言自語，接著發現這個畫面有夠白痴於是便起身刷牙洗臉更衣去。

其實硬是要求臨時休假也是可以的，在開車前往餐廳的途中，我還在繼續自言自語著。不過終究沒有如此任性要求的主要原因還是張暖晨，我想她應該不會樂見我如此任性妄為吧？我是想要幫忙她、陪伴她，可是我並不想讓自己單方面的好意反而變成是她的負擔。

她真的讓我改變了很多。

「那麼，就趁著下午的空班時間去醫院看她吧。」

換上廚師服時我心底這麼暗暗決定，然而沒想到午餐的生意太好，一直客滿不說、就是連收餐時都還有顧客前後跑進來堅持他們排隊等了好久拜託能不能夠通融一下；等到我們終於得以空閒時，時間早已經不夠我來回醫院的往返，呆望著倚在櫃檯邊抽菸休息的主廚大哥，我才暗忖著他會不會同意我晚上請假時，就聽到他『啊！好久不見』的打著招呼，順著他的視線望去，我驚訝的張大了眼睛：

「妳怎麼？」

『我媽媽醒了！』張暖晨激動萬分的歡呼著，接著想也沒想的就緊抱著我：『啊～啊～我媽媽醒了林澈－！你真是我們的 lucky star！媽媽都已經昏迷了好幾天結果你昨天一來看她隔天媽媽就醒了！就醒了耶！』

「好啦好啦。」

我笑著揉揉她的頭，並且當她鬆開我的時候在心底要自己表情別失落得太明顯。

「那妳怎麼還跑來啊？不用陪妳媽媽嗎？」

『有啦我弟請假過來正在陪她啦！不過媽媽中午又打了針所以睡著了我弟就問我要不要出去透透氣反正媽媽在睡覺也不好一直講話吵到她所以我就心想那乾脆親自跑來跟林澈一你報告這個好消息啦。』

「鐵肺張暖晨又復活啦？」

『哈！託福啊託福。』

『小晨妳媽媽生病啦？』

添了三杯熱咖啡過來時，主廚大哥問。

一邊喝著咖啡一邊我不免納悶：這兩個人不是明明才見過一次面、相處一下午，為什麼一向酷酷的不多話的主廚大哥卻一副好像跟她熟了八輩子的模樣呢？

『對啊，而且你們家小老闆真是個會為別人帶來幸運的人耶！他昨天夜裡才來過，今天早上我媽媽就恢復清醒了。好餓哦，有沒有什麼可以吃的？』

『義大利麵吧比較快，小澈你去幫她弄一盤來。蕃茄 sauce 還是奶油？』

『蕃茄的好了。大哥你還要喝咖啡嗎？我再去倒。』

『好啊謝啦。』

什麼情形現在？老子我現在是休息時間耶！而且明明我才是她的朋友吧？

雖然覺得很不爽不過我還是乖乖的去幫她弄了盤義大利麵並且順便打包一份好讓她帶回醫院給她弟弟；再回到櫃檯時我一肚子火大的看著這兩個人簡直聊開來了。

『原來他昨天一下班就慌慌張張的跑出去是因為這樣啊。』

『對啊，說來他應該也沒睡幾個小時吧？早上有沒有偷偷打瞌睡啊？』

『這倒是沒有啦，不過他看起來滿臉心事的表情，我本來還以為是你們分手了所以我們家小老闆心情不好。』

『哎喲不要亂講啦。』

『喂！小澈！既然這麼擔心，晚上就讓你休假吧。』

「啊？可以嗎？」

『OK的啦，我再請老闆調個人過來支援就好了，我們店的生意已經比本店好囉。』主廚大哥掩不住的沾沾自喜，至於張暖晨則繼續和他唱雙簧似的接腔：

『就說你們家小老闆是個lucky star嘛。』

他同意，然後說：『而且女朋友的媽媽生病還要勉強工作也說不過去。』

「她又——」

『那就走吧林澈一，你衣服換快點哦！我弟也還沒有吃午餐所以不要讓他等太久，他看到這盒麵一定超開心！』

這女人……

我們來到醫院的不久之後，她弟弟就因為晚上還得執勤於是不得不先行離開。

『我明天一早就直接過來，姐姐妳也要多休息啦。』臨走之前他還不忘頻頻叮嚀著：『宿舍那邊的話，妳室友不是說可以和妳share床位嗎？姐姐不要一直睡在醫院的椅子上啦這樣對身體不好。』

『好啦知道啦，你明天下班之後也睡個覺再過來就可以了啦。』

『又沒差。』

『好啦好啦有夠囉嗦，趕快回去當你的打火英雄啦。』

『呵。』他靦腆的笑了起來，接著視線轉向我，他慎重的說：『謝謝你的義大利麵，很好吃，下次請讓我補請吃個飯好嗎？』

「好啊。」

拍拍他的手臂，我愉快的笑著答應；在張暖晨再次叮嚀他騎車小心的嘮叨中，他和我們笑著告別。

「妳弟弟人滿好的，懂事又禮貌。」

『對啊，跟他姐姐一個樣，所以應該是家族遺傳吧。』

「最好是臉不紅氣不喘的接話接得這麼順啦。」

『哈～～』

之後我們便沒再交談過，因為她忙著照顧媽媽、陪伴媽媽，而我除了和清醒過來的張媽媽打聲招呼之後，便退到角落不再打擾她們母女倆；雖然除了跑腿買晚餐之外，我其實什麼忙也幫不上，不過我就是想要留在這裡繼續待著陪著；坐在角落的椅子上，我假裝低頭看雜誌但其實卻是偷偷注意著張暖晨的一舉一動，不確定這是不是她第一次照顧病人，也不曉得她們在這裡待了多久，不過動作仔細又俐落的她還真有種看護的專業感，簡直是熟練到直接穿上護士服就是個護士那樣程度的專業感；不禁我在腦海裡想像著她為人妻為人母的模樣，她應該會是個好老婆吧？她一定會是個好媽媽的，她——

天哪！我到底在胡思亂想什麼啊！

「居然對著別人的女朋友想著有的沒的，嘖。」

『你叫我哦？』

「啥？」

『你剛剛——』

「沒有啦。」

快快打斷她，我否認。

看來我乾脆順便去找個醫生看有沒有什麼方法可以治癒我這下意識的脫口而出毛病吧。

『喂！』

拍拍我的肩膀她示意我一起走到外面，在走廊上，她先是噓了口大氣，接著用正常音量說：

『走吧林澈一，再跟你借個浴室洗澡吧！我媽媽已經睡著了，OKOK！』

「某人又想把我騙回家嗎？」

我說，然後她難為情的紅起臉來。

雖然我一直命令著自己別把腦子裡纏繞了整個晚上的念頭說出口，不過此刻望著她圓嘟嘟的臉卻還是不受控制的脫口而出：

「反正妳在這裡也只是坐著睡覺而已，不如今天晚上就到我家睡在床上吧，早上還可以順便叫我起床。」

她楞住，下一秒我立刻聽見自己急急忙忙的澄清這話裡的誤會：

「因為還有空房間的關係所以妳少給我胡思亂想那些奇怪的事！還有，因為醫院和餐廳反方向的關係所以妳明天早上休想叫我開車載妳過來。」

『什麼少給我胡思亂想奇怪的事，明明這才是我該說的台詞吧！呿～～』她笑了起來，接著一點客氣也沒有的就說：『那真是太好了你等我一下哦，我去收個衣服快快就來。』

「收什麼衣服？」

『髒衣服啊，順便借你家洗衣機用用，這樣就現省一百塊了喲。』受不了。

回家。

「倒是這樣妳男朋友不會介意嗎？」

停好車時，我還是忍不住的問她。

『又不會發生什麼奇怪的事幹嘛要介意。』

「怎麼都沒見他來探病？假日還要上班哦？明明坐高鐵又花不了多少時間。」

『我哪知。』她聳聳肩膀、輕描淡寫的說。

搞不懂她是故作鎮定還是真的並不在意，因為鬆開安全帶之後，她沒有就著這話題繼續，卻只是抽出CD，說：『借我帶上去聽吧，我超喜歡聽楊宗緯的啦。』

「哦。」

上樓。

「我要先洗澡，洗衣機在陽台，妳順便把我的衣服也洗一洗吧。」

『可還真是有夠順便哦。』

「還不是跟某人學來的。」

『呿～』

結果當我洗完澡出來之後，這女人不但順便幫我洗了晾了衣服，就是連屋子都一併也整理好了。

難以置信的望著在短時間內就恢復整齊的屋子，我說：「妳小時候真的是過動兒對不對？」

『說聲謝謝妳人真好有那麼難嗎？林同學。』

哈。

『好啦，我睡哪個房間啊？』

我指著我的房間，那個回來之後還沒踏入過的、關著回憶的房間。

「妳需要什麼保養品嗎？」倚在小瑱的房門口，我說：「小瑱留了一缸子保養品沒帶走，妳就儘管拿去用沒關係吧。」

『嘩！！沒想到林澈一你的房間這麼女性化耶！』

「那是我姐的房間啦！」

『最好是啦。』瞥了一眼化妝台上的瓶瓶罐罐，她掩嘴偷笑：『所以，那是姐姐的保養品還是你的呢？』

「想睡陽台嗎妳？」

『哈！開玩笑的啦。』

嘖。

於是我更加肯定她昨天是心繫著媽媽於是快轉著洗澡速度，因為她這次洗得還真是有夠久，久到我睡著還甚至作了個夢時，她大剌剌的打開房門大聲問著：

『喂林澈一！房間裡有——啊，噢……你睡啦？哈，哈哈。』

「現在醒了。」沒好氣的，我說。

『怎麼搞的我好像聞到殺氣是不是？』

「幹嘛啦？」

『房間裡有好多蠟燭擺著，可不可以借我一個點啊？』

「這種東西能借嗎？點過的蠟燭能還嗎！」

本來我以為自己是會這麼吼她的，可是結果我沒有，結果我聽見自己這麼說：

「那麼，不如就來個蠟燭之夜吧。」

我說，是對著眼前的張暖晨說，也是對著走在回憶裡、那個想要走出的自己說。

蠟燭之夜，久違的蠟燭之夜。

『喂！林澈一。』

「幹嘛？」

『我可不可以放楊宗緯的歌來聽啊？』

「隨便啊。」

『幸福的風。』

「啥？」

『他的這首歌，幸福的風，很好聽。』

「哦。」

『有時候我會想到你。』

「什麼？」

『這首歌啊。』把臉埋進膝蓋裡，她說：『越認識你，越覺得真正的你和外表很不一樣。』

「不會是想藉機告白吧妳？」

『你白痴哦。』笑了笑，她低著聲音說：『我國中暗戀的那個人，你猜到是誰了吧？』

「嗯，是個很好的男生，妳滿有眼光的。」

『受不了。』

「託了某人的福。」

『後來再度重逢的時候還是喜歡著那個人，雖然明知道他是個只愛美女的膚淺男人——』

「我又不是只愛美女。」

『我又不是在講你。』

死鴨子嘴硬。

『而現在的我……嗯……』

我屏息等著，等著她往下說去，可是她不再往下說，她突兀的改變了話題；是因為想起她的男朋友嗎？我苦澀的想著，無力的這麼想著。

或許我們就是註定只能是朋友吧，或許我就是註定了每個我愛上的女孩到頭來都只能是朋友吧，或許……

天哪！我突然好想哭，真的很想放聲哭。

「我要去煮杯咖啡。」

在想哭的衝動向我襲來之前，我要自己換個話題。

『這麼晚了耶，你不會睡不著哦？』

反正自從發現自己愛上妳之後我就再也沒睡好過了，沒差了。

「就是突然想喝不行嗎？」

『很好啊，那順便幫我也煮一杯吧，我要加很多牛奶哦。』

是都沒有在客氣的嗎？這女人！

「我不加牛奶，妳去煮。」

『喂！我是客人耶。』

「林家人一向喜歡把客人當傭人使喚，快去！」

『惡劣。』

真是好欺負。哈！

帶著兩杯咖啡回來，並且乾脆把CD repeat在〈幸福的風〉這歌裡，張暖晨像是突兀的說，也像是猶豫了好久終於還是決定乾脆那般的、說：

『我可能要離開台北了。』

「啊？」

『媽媽……如果的話，要回南投照顧媽媽。』

「為什麼？」

『雖然不確定，但有可能會截肢。』

雖然不確定，但有可能會截肢。她說。雖然醫生說傷口恢復得不錯，可是因為往上清除的關係，所以傷口感覺更大了，而且已經一個星期做四個高壓氧，沒有條件再照顧那隻腳了，截肢是出於安全起見，但最好的假設是不必這麼做，最好的假設是存在的，機率則是無法準確的說，端看術後的復元狀況。

『……當然希望最後是這個最好的情況啦，但萬一沒有辦法的話其實也沒關係，反正有我回家照顧媽媽嘛。』

「留下來，不要走。」我想說，「就住在這裡，這房子裡，讓我一起，照顧妳們，」我不捨，捨不得，「我不要失去妳，我要每天都能看到妳，就算只是好朋友，就算妳不屬於我。」也可以，就可以。

但是我沒說，因為她決定得這麼乾脆，因為我反正不在她的考慮裡，因為或許她只當我是個朋友、或許還不是個喜歡的朋友。

我於是反而口是心非的這麼說：

「也好啦，這樣離台南也比較近吧。他是住台南還高雄？」

還是嘉義？去他媽的！他為什麼不住到火星去！

『幹嘛突然這麼兇啊？』

因為我吃醋，因為我嫉妒，因為我生氣，去他媽的！

「還有，如果結婚的話也不要發喜帖給我，我沒那個心情去祝別人天長地久還早生貴子。」

『突然的說這個幹嘛啊？』

不理她，我繼續自顧著憤怒：

「雖然我看他也不會是個好老公，女朋友的媽媽生病了還事不關己似的不來探病。」越說我越氣：「不過那又怎麼樣？反正妳喜歡他就好。」

『你可不可以先聽我說啊？』

不可以！

「還有，睡醒記得東西都帶走，有什麼忘在這裡的話我不會送去給妳而且我會直接丟到垃圾桶裡！」

『林澈一，你先聽我說完好不好？』

「我不要。」雖然自己也覺得這實在幼稚到想把自己捉起來海扁一頓，但我就是控制不住這壓抑太久於是的情緒爆炸：「還有，這CD我才不要借妳聽，要聽叫妳男朋友買給妳。這是喬喬送我的，對！我就只愛美女怎麼樣？我才沒有愛上妳。」

『我又沒說你愛上我！』

「晚安！妳去小瑱房間睡！」

然後她也火了：

『不如我回醫院睡！』

「不如妳去嘉義睡！」

『是台南！』

「隨妳便！」

『幼稚！』

「我是！」

『哼！』

煩！

第十三章

『哈～～好可愛哦！真像小孩子吵架耶、你們兩個。』

聽完我和張暖晨那次的爭吵之後，這是小瑱的第一個反應：哈哈大笑。

嘖！我就知道不應該告訴她的。

『記得小學的時候我也這樣過。我最好的朋友居然在下課後和隔壁班那個我討厭透了的阿花聊天而且還聊得很開心，後來上課時我就很生氣的傳了一張憤怒的紙條寫著：我再也不要跟妳好了，哼！』

「……」

『雖然不是很重要的事不過我還是想強調一下，憤怒小紙條上並沒有寫哼這個字。而且那個女的也不叫阿花只是她真的很阿花所以我都管她叫阿花。』

「妳說了這麼一大帕但重點只是想諷刺我們幼稚得居然像是小學生吧。」

『不然咧？』

「嘖。」

『所以呢？她媽媽出院了沒啊？』

「我哪知道。」還有：「干我屁事。」

『南投其實沒有想像中的遠啦。』

「是離嘉義比較近啦。」那個男的到底是住嘉義還台南？「而且誰想去找她！」

雖然覺得有點沒面子，不過我還是決定以「因為是妳剛好聊起，所以我就順便問一下好了」的by the way口吻問道：「所以那女人確實是回南投了？」

她媽媽真的得截肢？她還好嗎？她那個到底是住嘉義還台南的男朋友為什麼居然沒來探望她媽媽？這樣的男人她為什麼還要愛他？

『我哪知道。』小瑱說，然後把手擱上我肩膀靠著：『打個電話問不就得了？既然這麼在乎的話。』

「誰在乎。」越說越火大：「誰想在乎一個討人厭的女人。」

『怎麼聽來很像是乾脆決定討厭她，好讓失去她的這件事情讓自己比較不那麼難受？』

「可以講中文嗎？」

『哈～我家小少爺倔強得好可愛喲！』

「走開啦！不要整個人掛在我背上好不好！妳很重耶！」

『舒服嘛！啊～啊～好羨慕我未來的弟妹啊！有個這麼舒服的寬肩膀可以靠。』

「妳喝醉了妳。」

把小瑱手中的啤酒拿走之後，起身，我把地板上那些蠟燭全都吹熄然後堆在一起準備明天拿去丟掉。

『啊啊！蠟燭之夜結束了嗎？』

「蠟燭都燒光了，不然咧？」

『那就再去買嘛！感覺好像回到小時候的颱風之夜耶！懷──念！』

「呵。」

我同感，不過不了，我覺得夠了，不想再懷念了，無論是小時候的颱風之夜，又或者和云瑄的蠟燭之夜，甚至是那個張暖晨，都夠了，都該適可而止了。

『所以你現在又睡回你房間啦？』打量著正把自己塞進棉被裡的我，小瑱吃吃的笑著八卦：『看來有人差不多快要跟云瑄見面囉。』

「聽不懂妳在說什麼。」起身巴了一下她的頭：「那只是因為有人的房間太粉了，再睡下去的話我會變娘炮。」

『去算個命吧、小澈，感覺你戀愛運越來越差了，一直留不住心愛的女人也不是辦法吧。』

過・肩・摔。

『啊啊!!你未來的小姪子……』抱著肚子，小瑱慘叫。

「妳懷孕了?!」

『哈～～騙你的啦！熱戀真的會讓人變笨耶、我發現，哈～』

「拜託不要拿這種事開玩笑好嗎？」還有，誰在熱戀，亂講！「差點被妳嚇去半條命耶。」

小瑱笑到沒辦法理我。

噴。

終於她笑夠了之後，抹了抹眼角的笑淚，小瑱把話題又帶回之前：『打個電話給小晨吧，問問她那個算命阿婆怎麼約。』

「什麼算命阿婆？」

『有次小晨說她遇到一個會看手相的算命阿婆給她指點迷津，很準耶。』

「那種東西妳也信。」

『本來我也是不信的啊，可是聽著聽著還真的不得不信，因為實在太準了。』

「神經病。」

『真的喲小澈！小晨那位算命阿婆幫她找到真命天子耶！預言得超準的。』

「幫她找到那個火星男哦。」

『什麼火星男？』

那個應該住到火星去的我老是忘記到底住嘉義還台南的討厭鬼！那個張暖晨到底看上他哪一點？受不了。

「沒啦，我要睡了。」重新躺回棉被裡，「明天記得幫我丟垃圾，蠟燭記得也要丟。」

『哦。』

其實不用小項說、我自己心底也明白：嘴裡越是刻意強調並不在乎、往往越是透露出心底其實很在乎的訊息。畢竟要是壓根不在乎的話，又何必老掛在嘴邊否認呢？

我其實只是氣，氣她愛過我卻終究還是錯過她，我生氣在她心底我並沒有自己以為的那麼重要，我甚至生氣為什麼我並沒有在她還愛著我的時候就果決的愛上她，我尤其生氣幹什麼每天晚上下班之後我都跑來這關東煮攤吃宵夜，因為這真他媽的有夠遠的、這關東煮攤。

雖然很不想承認不過確實我每天每天都準備好了、如果在此巧遇她的話，要用十分意外的表情佐以很不耐煩的口吻表示有夠倒楣又遇到、陰魂不散實在很煩。

但沒有遇到她，都沒有。

我想她可能是真的回南投去了吧？或許她其實還在台北只是一直沒來這裡宵夜？

也可能她確實來過這裡宵夜只是我們前後錯過?還是——

天哪!好煩。

直接打電話給她不就得了?但真的拉不下臉啊。

『什麼?』

老闆抬起頭，一臉茫然的看著我。

「什麼什麼?」我反問，後來意會過來原來我又一個沒注意、老毛病又犯了。

「沒什麼，自言自語。」

『偶爾是需要這樣的，這鳥人生。』

老闆開朗的笑著說，而我很欣賞他這態度。

「再來盤生魚片吧。」

『哦。』

「老闆……」

『嗯?』

管他的!就問了吧:「你記得第一次帶我來這裡的那個女生嗎?臉頰膨膨的、皮膚白白的，總是笑笑的，鈔票還折成小方塊？」

他點頭：『雖然不知道名字不過我大概知道你在講誰，那個很可愛的妹妹嘛。』

「欸。」問哪！你這傢伙！「她好像還滿常來這裡吃宵夜的哦。」

『對啊，她十分鐘前才離開。』

我是滿心期待著老闆接著會這麼說的，可是他沒有，他說的是：『不過滿久一陣子沒看到她囉，你這麼一提還真的怪想念她的。』

「欸。」

『你找她啊？』

「也稱不上找，只是——」

只是突然想到就隨口問一下而已。

本來我是打算這麼逞強的說，但是還好我沒有，我只是自動把這說了自己也不信的逞強話語默默消音，接著老闆突然指著貨車的另一端：

『你可以問她弟弟啊。』

「什麼？」

『她弟弟就坐在那邊的桌子吃關東煮，比你晚來一會而已，他一向都坐那位子。』

連道謝也來不及說的、我立刻起身走去。

這是我生平第一次感謝自己不再逞強，無論是話語，又或者是行動。

『啊，林大哥，好久不見。』

「是啊，真巧。」

你姐姐呢？

「你也常來啊？」

他搖頭：『太遠了，所以只是偶爾會習慣過來吃一下而已。』

接著我知道、這是他和張暖晨以前養成的習慣，以前他還在念警大時、如果沒回南投的話就常常騎機車來台北找姐姐過週末，而這關東煮攤就是他們總來到吃晚餐的地方。

『生魚片飯。』他笑著說，『這生魚片飯對那時候的我們就是奢侈品了，真的是奢侈品了，每個週末才允許自己吃一次的豪華晚餐，那時候我們都沒有錢，真的都沒錢；我自己的話還好，反正吃住都是學校負責，每個月還有一萬多的零用金可以花，但姐姐手頭就更緊了，因為姐姐還要寄錢回家給媽媽，不過雖然是這樣，但姐姐還是很堅持每個週末要一起來這裡吃生魚片飯，可能她是擔心學校的伙食不好吧，但我寧願想成是她自己找藉口來這裡吃啦，呵。』

說完，他難為情的笑了笑：『奇怪，我突然的說這一大堆做什麼啊？可能是看到林大哥的臉吧。』

「我？」

他沒接著往下說去，反而是不太技巧的轉換話題：『那時候過得那麼窮，雖然常常難免會怨恨不負責任的爸爸而覺得人生很不公平的自暴自棄起來，不過現在回想起來，反而覺得那段日子是我們人生中最快樂的時光哪。那時候的我們真的很快樂，真的、很快樂。』

「我——」

『倒是林大哥你，這裡離你家挺遠的吧？』

「還可以，下班回家的途中繞一會路而已。」

你姐姐呢？

「你媽媽出院了嗎？」

『欸，真是託福了，那次沒多久之後就順利出院了，一直就想找個機會親自向林大哥你請吃飯道謝，可是我姐姐一直說不用麻煩了因為林大哥你很忙。』

「亂講。」命令自己把肚子裡的怒氣壓下，往下指了指腳，我問：「那？」

花了一會兒時間、他才意會過來，笑著搖頭：『傷口恢復得不錯所以不用截肢，真的是很謝謝林大哥你啊。』

「謝什麼啊，也沒幫上什麼忙。」

而且還把你姐姐趕跑，大半夜的還把她氣跑……

『果真是會為別人帶來幸運的林大哥你啊，我姐姐說得一點也沒錯。』

是啊，大概是幸運都分送給別人了，所以我才總是留不住我愛的女人吧。我苦笑。

「那，你姐姐呢？」

還好我問了出口，還是問了出口，否則我會一輩子嘔死，真的會一輩子嘔死，因為他說：

『姐姐陪媽媽一起回南投的外婆家，雖然說媽媽已經康復得差不多，沒有什麼大礙也可以照顧自己了，但姐姐還是堅持反正暫時想休息一陣子不工作所以還是一起回外婆家好了，不過我想她應該還是因為擔心媽媽的緣故吧。』

然後，重點：

『你們是不是吵架了？』

我一怔，先是搖頭否認，再是點頭承認，不過我沒聽出他這話裡的意思，我慶幸他繼續往下說去，我感謝他不像我們那麼愛逞強；否則我會一輩子嘔死，一輩子都嘔死。

『所以是真的分手了哦？』

「他們分手了？」

『什麼他們？』他疑惑的看著我，好像我額頭上突然冒出一隻手那樣的疑惑：『雖然不知道原因不過我猜應該不是嫌棄我們家的關係吧？』

「誰？」

現在是在雞同鴨講嗎？

『林大哥你啊，你看起來不像那種勢利的人，不過如果是真的也沒關係啦，因為我們家的狀況不太好我們自己也知道，一般男生聽到的話多少都會被嚇跑這也是很正常的心態啦，只是我姐看起來真的很難過，而林大哥你看起來也是，所以我剛剛有看到你但沒有跟你打招呼就是這原因。』

「你到底講什麼啊？」

『哦……所以是只有我姐難過，我懂了，不好意思誤會林大哥你。』

我腦子一片混亂。

「等一下——」

『雖然我年紀比你們都小，可是我真的搞不懂你們為什麼要搞得好像在比賽誰難過啊？』

這姐弟倆是都不聽別人說話的嗎？

「我不是問你什麼難過不難過的，我問的是誰跟誰分手了？你姐姐跟那個嘉義男分手了？」

『嘉義？』

這下他看起來比我更混亂了。

「嘉義還台南的我一直搞不清楚。」

『哦……是台南啦。』他笑了起來，『你是說我學長哦？』

「對。」

『什麼啊！他們根本沒交往啊。』

我傻住。

『確實我是有幫他們牽線沒錯，而學長也喜歡我姐姐所以追得很緊，但見過沒幾次面、我姐姐說她已經有喜歡的人了所以就拒絕了我學長。』

傻住。

『後來雖然沒有追問，不過我姐姐看起來很快樂的樣子，老是一個人想著想著就呆呆的笑，所以我想應該是和那個她說的喜歡的人交往了沒錯吧，接著那天看到林大哥你，完全就符合我姐姐老是掛在嘴邊說個不停的那個人，所以……』

傻。

——不是吧？妳弟特地把妳載去台南相親？

——廢話，不然我怎麼可能特地請假！

——問妳要不要一起看電影。而且重點是，這可不是在追妳約妳哦，只是單純的站在老同學重逢的純朋友立場所做出的友情邀約。

——受不了。不知道耶，我要問我男朋友看他放不放心我和別的男生單獨去看電影。

——你覺得我這樣懷疑男朋友好嗎？

——很好啊，戀愛中的人都是這樣子的啊。

——倒是這樣妳男朋友不會介意嗎？

——又不會發生什麼奇怪的事幹嘛要介意。

——怎麼都沒見他來探病？假日還要上班哦？明明坐高鐵又花不了多少時間。

——我哪知。

——也好啦，這樣離台南也比較近吧。他是住台南還高雄？

——幹嘛突然這麼兇啊？

從頭到尾都只是在耍我是不是！這個白痴張暖晨，我從來沒有這麼想要殺人過！

拿起手機，我氣沖沖的撥號，撥出那個白痴張暖晨的手機號碼。

「我——」

『我不想跟你講話。』

她只說了這句話，然後就很帥的掛了電話，真是火大的我，哪來這麼不可理喻的女人？

轉頭，我命令她弟弟：「手機給我！」

『啊？』

「把你該死的手機給我！快點！」

『哦……』

他慌慌張張的把手機遞來給我，而我撥出同一個號碼，那個白痴張暖晨的號碼。

『喂？弟弟啊？我跟你說哦剛剛——』

「我就是剛剛被妳掛電話的林澈一。」

『怎麼搞的陰魂不散耶，嘖。』

怎麼搞的這句話原本是我準備好要對她說的吧？

『到底要幹嘛啦？你很煩耶林同學。』

太好了！我本來準備好的話都被她說光了。

『沒事不要去找我弟鬼混帶壞他啦，欸我說你該不會是愛上我了啦一直煩啊煩的。』

「對。」

我斬釘截鐵的說，而她則是明顯的慌了：『呃……我是開玩笑的耶。』

「但我不是，我是認真的。」

『……』

「……」

『哈囉？你是林澈一嗎？怎麼跟我認識的那一個不太一樣？』

「沒錯我是愛上那個假裝自己有男朋友害我難過得要死的白痴張暖晨的神經林澈一！」

然後她就掛了電話。什麼態度想表達什麼？我真的覺得超無力的。

「可以把你們外婆家的地址給我嗎？」

『要、要幹嘛？』

當然不會是買雞蛋啊！混帳！

但我實在沒力氣再發脾氣了，遇到這對剋星姐弟倆、因為。

「我想去把她帶回來，親自把她帶回來。」我說，「我想要能夠經常看到她，不用是每天但最好能夠是每天看到她。」因為：「我不想要錯過她，我知道她是我錯過不行的那個女孩，我知道。」

我知道。

第十四章

請　相信我的承諾　雖然有點笨拙　但我看見幸福的風
如果我把我的手收在背後　願不願意牽著一起走

詞／陶晶瑩　曲／謝布暐

其實小瑱說得沒錯，從台北開車到南投並不遠，就是repeat幾十次〈幸福的風〉這首歌的距離而已；比較麻煩的是她外婆家的地址，當我瞪大眼睛難以置信的質疑張弟弟寫下的這沒有路名的地址、以為他是想整我時，他還一派輕鬆的解釋：『有些鄉下地方確實是只有街巷沒有路名的沒錯哦，但其實很好找啦林大哥。』

好找個頭啦！

眼看著都已經快要中午了，而我卻還在這南投東繞西闖的鬼打牆、怎麼就是找不到這沒路名的地址，又累又煩的我找了家便利商店停車，心想還是先買個飲料休息一下順便碰碰運氣問店員會不會剛好知道這沒路名的地址時，我突然想起今天一早打電話給主廚大哥請假的對話。

『有種東西叫電話。』

聽完我的請假理由之後，主廚大哥只酷酷的說了這麼句話。

「對，我知道，但她昨天掛我電話。」

『那不是很明顯嗎？你還親自去一趟幹嘛？』

「干你屁事管得著！」

我以為自己是會這麼嗆回去的，我心想換作是以前的自己一定是會這麼嗆回去的，但是現在的這個我並沒有，現在的這個我只是低低的說我真的很想親自去一趟、無論如何。而主廚大哥笑著說那麼就祝你幸運吧。

這樣而已。

她真的把我改變很多。掛上電話時我還沒發現到這點，直到此時此刻才明白，才想到。

她真的把我改變好多。

才一打開車門就聽到身後有個稚嫩的小女聲「啊！不行！」的驚呼著，轉身低頭下車。

我看見原來是一隻長相很滑稽的圓滾滾鬥牛犬正抬起牠肥肥短短的後腿往我車輪上撇尿，而聲音的主人是和這圓滾滾鬥牛犬一樣有著圓嘟嘟粉嫩小臉蛋的小女孩，蘋果臉蛋般的小女孩因為力氣不夠拉開牠、所以索性蹲下抱住這一臉憨樣的滑稽圓圓狗，接著她仰著小臉蛋笑咪咪的說著：對不起。

「沒關係。」

我笑著回答她，心情因此也愉快了起來，她的笑容有感染力，和張暖晨一樣，我發現。

那一瞬間我有種很奇怪的錯覺是：我好像穿越時空看見了二十年前的張暖晨，還是這小女孩年紀時的張暖晨應該也是這麼一副可愛模樣吧？圓嘟嘟的蘋果臉頰，笑咪咪的愉快表情，還有，紮在腦後但卻不經心被壓得扁扁的長馬尾。

接著下一分鐘，我知道我並不是穿越時空，我只是遇見她的小姪女。

『抱歉抱歉，牠就是教不聽的愛亂尿尿，公狗嘛！』

抬頭，出現在我視線裡的是一個同樣有著愉快笑容的年輕大男生，接著我驚訝的聽見小女孩喊他作把拔，而這看起來或許比我還年輕的大男生則是滿頭汗的試著拉開此時正忙著在我腳邊蹭過來又蹭過去的準備騎上我的腳的圓圓狗。

『又來了！胖大子！不要露弟弟！難看！』

「好直接的狗。」我尷尬的說，然後往後退，接著才想到什麼似的、拿出寫著這沒有路名的地址遞到他面前，問：「請問你知道這地址怎麼走嗎？」

低頭他看了看，再抬起頭時，他一臉疑惑的打量著我：

『這是我外婆家的地址啊，請問你是？』

「我是張暖晨的朋友，我——」

『啊！暖晨哦？暖晨是我表姐啦，你是她台北的朋友吧？』

「欸。」

『就在附近而已啦。』他熱心而又詳細的手指著告訴我該怎麼走，說完後還像個老師般的要我重複一次確認；確認過後，他一派開朗的說：『很好找啊、其實。』

真是、謝啦！這家人……

確實是不難找啦！如果能有個路名的話。

一邊還是很記恨的嘟噥著一邊我加快腳步走向這地址、走向張暖晨，沒幾分鐘時間，我在一棟前院寬廣的透天厝前停下腳步，接著我看見那個害我朝思暮想的女人正把著膝蓋蹲在大門前面拿著蒼蠅拍很起勁的打蒼蠅時，我還是忍不住的搖頭嘆息想昏倒：為什麼我偏偏愛上的是這個女人啊？

「喂！妳！」走近她，我故作輕鬆的說：「某人說什麼要回家照顧媽媽的漂亮話結果卻是閒閒沒事在打蒼蠅？」

『啊！有人私闖民宅！』她說，然後轉頭大吼：『媽！報警啊！有歹徒啦！』

「歹個頭啦！」我笑了起來：「看在老同學的份上拜託幫個忙不要像個老太婆一

樣蹲在門口打蒼蠅好嗎？很難看耶。」

『誰叫某人某天在打完撞球之後硬是從遊樂場把我拉走。』

「誰叫某人某天在遊樂場有夠丟臉的一玩遊戲就鬼吼鬼叫的惹人嫌。」

『誰叫某人——』話說一半，她打住，改口：『來幹嘛啦？』

很奇怪，明明是一句想表達不歡迎的不友善話語，但結果說的聽的我們卻都笑了出來，我想那大概是因為我們同時都發現就算大吵架、就算好一陣子不聯絡，但一見面卻依舊能夠連想也不想的就沒完沒了的說個不停。

我想。

「來告白，當面誠懇的告白。」

『哇哇！真直接，我怎麼記得某人是個有嚴重自尊困擾的愛面子鬼啊？』

「還不是託了某人的福。」我說，然後笑：「再說，自尊能賣錢嗎？」

『學得好。』

「妳到底要不要聽我告白啊？」

拿著蒼蠅拍搧風，她故意透了的拿喬：『啊～啊～反正閒著也閒著，蒼蠅也殺得差不多了，姑且就聽聽啦。』

受不了。

「喜歡是把對方當朋友，愛是想和對方談戀愛，所以是的，我喜歡妳，也愛妳。」聽完我整個南下車程想了半天才準備好的告白台詞，結果這女人居然只是依舊搧著蒼蠅拍若無其事的一句：

『啊是哦。』

「什麼叫作啊是哦！」我差不多快昏倒了：「我大老遠的開車來！每天下班跑去吃關東煮！我阻止自己別打電話給妳勉強的只差沒把雙手綁起來！我——妳笑什麼？」

她得逞似的大笑著說：『林同學還是這麼容易就被激怒耶！好口愛喲～～』

「妳！」遲早會被她氣死：「幫我掃房子給我包水餃還為我蓋好被子就是代表愛上我！才不是很少被好好對待所以一時感動到而已！動不動就去找妳，開車接送妳，請妳吃東西，到醫院陪妳，追問相親男還關心妳媽媽！這就代表愛上妳不是妳自作多情只是我當時沒有發現而已！」

沉默。

長長的沉默之後，她終於說：

『好啦。』

「好啦是什麼意思？」

『就好啦的意思啊。』

「聽不懂啊！好啦什麼啊？」

我笑著鬧她，這笑裡的甜、甜到自己都難為情了；而她沒再往下抬槓，她的膨臉頰粉粉的紅了起來，紅著臉蛋、她慢慢慢慢的走向我，走向我……

然後她在我的面前站定，接著踮起腳尖，她圓嘟嘟的嘴唇吻上我。

甜到自己都難為情了。

「那個……」

『嗯？』

「妳一定得拿著蒼蠅拍接吻嗎？」雖然自己也覺得很煞風景，不過我就是忍不住的很享受和她抬槓的樂趣：「這世界上會拿著蒼蠅拍接吻的人大概也只有張暖晨妳了吧。」

『呿，本來還以為從朋友變成情人會怪怪的不自在咧！結果是我想太多！』她又氣又笑：『原來男友林澈一和朋友林澈一同樣討人厭嘛。』

「託了張某人的福啊。」

我笑著說，然後揉揉她的頭髮，把她擁入懷裡，笑著把她擁入懷裡，不會難為情卻是很幸福的那種。

『原來是這種感覺。』

「什麼？」

『有次啊我不是說國中放學後看到你和班花在教室裡面親熱嗎？』

「什麼親熱！明明就只是kiss而已，被妳一講真難聽！」

『哎～某人就是老愛這樣打斷我的話，所以我才總是沒辦法把話說完啦。』

「那是因為某人每次話都一說就一大帕而且還不打逗號所以——好吧，請說。」

『算你識相。』她開懷的笑，『那時候我真的好羨慕哦！一直一直就想著如果我是你面前的那個女生，我張暖晨的人生就死而無憾了啊！』

「也不用說這麼重的話吧？」

『是真的喲。我從國中就一直暗戀林同學你耶！殊不知在婚禮上遇見你在出租店認出你在那之後的每天每天都幸福的以為我這是在作夢耶！因為未免也太幸運了吧、這樣。

『林澈一你啊、讓我感覺自己是世界上最幸運的人，真的讓我感覺自己是幸運的，沒想到能夠重遇這輩子第一個愛上的男生，沒想到在當時的美夢在幾年之後真的能夠成真。』

慢慢慢慢的說完這一大啪之後，她臉紅的問：『幹嘛就不打斷我啊、這時候？』

因為捨不得打斷了，這時候。

「那幹嘛還騙我說妳有男朋友？害我差點沒嘔死氣死杜爛死。」

『因為我以為你不會愛上我啊，可是我又好像越來越愛你了。』超理直氣壯的、她說：『一方面很想被愛但一方面卻又覺得應該不會被愛，是在這樣子的矛盾心情底下所做出的幼稚行為啊，很幼稚的想要試探看看林同學是不是真的像他表現的那樣不會愛上我啊。』越說她越得意了：『再說想要被喜歡的人吃醋難道不是人之常情嗎？這點常識連戀愛新鮮人的我都知道，怎麼戀愛老同學的林澈一反而看不透啦？』

「妳白痴哦。」

『而且你吃醋的樣子好可愛哦！有沒有人告訴過你啊？』

「白痴！」

『對啦對啦，我是沒有談過戀愛的愛情白痴，更別提還暗戀了某人好幾年所以這又不是我的錯。』

是愛情無賴吧？這女人……

『但為什麼是我？』

「因為妳讓我想要變成更好的人。」我說，想也沒想就這麼肯定的說。「還有，雖然不知道為什麼，但我就是知道我不要錯過妳。」

而我只是在想，如果，云瑄是讓我看清我自己的人，那她，她是讓我想要變成更好的那個人。

「至於其他的原因，我要回台北再慢慢告訴妳。」因為，「因為妳媽媽從剛才就一直站在門口笑著看我們——嗨！張媽媽好。」

好糗。

糗。

□

婚禮。

小瑱的婚禮在三個月後舉行，地點就是我們的分店餐廳，這也是我們分店開幕以來的第一個不營業日。

『煩死了！把我老弟的餐廳包下來就好了啦！其他的事別再拿來煩我！』

聽張暖晨說，當婚前準備才進行到挑選喜餅以及試穿婚紗時，我家姐姐就不耐煩的抱怨連連。

『我為什麼非得搞懂訂婚和結婚的差別在哪裡呢？聽得我頭都快痛死了！就雙方親友一起吃個晚餐就好了啦！』

『可是——』

『老娘說了算！』

『那我這個婚禮祕書不就沒事做了？』

『那妳可以去幫我公證結婚啊。』

『那蜜月旅行要不要也幫妳去？』

『那新婚之夜也順便幫我去好了。』

『那小孩要不要幫妳生？』

『我就說妳這弟妹我欣賞。』

『……』

結果這位婚禮祕書唯一的工作就是陪小瑱去選鑽戒。

『怎麼覺得小瑱以後會是那種在寶寶的奶瓶裡偷摻安眠藥的媽媽啊？』張暖晨無奈的告訴我，順便還這麼警告著：『告訴你哦！沒有婚紗的話我可是不會嫁給你的哦！』

「誰說要娶妳了？」

『不管啊！我就是要嫁給林澈一你啊。』

「無賴。」

呵。

婚禮。

雖然小瑱堅持這不是喜宴而只是一場大夥都到場的聚會（因為她自己不想要穿婚紗），不過包括我在內的每個人都還是以正式的穿著出席，以至於今晚的女主角反而變成了穿得最隨興的人，甚至晚宴開場之前她還去看了場電影才匆匆趕來。

真的是……

而云瑄和小天也來了。

說不上來是為什麼，當我和云瑄在人群中四目相對的那一刻，我就清楚的明白到我們之間已經不一樣了，昇華了、關於我們之間；當我遙望著他們親密的同時出現我眼前時，原本以為會有的酸楚此刻卻只剩下溫馨，打從心底安心她過得很好的、溫馨。

馨溫

既沒有好久不見、也沒有後來過得怎麼樣的生活？當小天挽著云瑄走向我時，我說的第一句話是：

『從哪找到這麼寬的禮服啊？』

然後云瑄笑，依舊是我記憶中的笑。

『你沒什麼變嘛。』

小天說。

「你倒是胖了一圈啊，粉絲看到的話會心碎吧？偶像有社會責任的不是嗎？」

『沒辦法，我孩子的媽堅持要她吃什麼我就得跟著一起吃啊。』

『只有我一個人變胖的話感覺很落寞耶。』

云瑄說。

「什麼時候結婚啊？」

『希望能和滿月酒一起舉行。』

小天話才說完，我們之間就立刻擠進不知道打哪突然冒出來的張暖晨：

『好巧哦！我剛好是個優質的婚禮祕書哦！滿月酒的話也有過幾次經驗——』

「妳有個屁經驗啦！」

『去喝朋友滿月酒的經驗不行哦。』

「拜託——」

『還是我們去那邊談好嗎？我想喝個咖啡，而且也正打算找個婚禮祕書。』

小天笑著支開她和自己，而我是很感謝他的這份體貼的。

「妳孩子的爸很體貼啊。」

『是啊。』云瑄甜甜的笑：『你女朋友？』

「雖然很丟臉所以不太想承認不過、嗯。」

『看起來呆呆的。』

「她？」

『你啦，穿西裝的樣子看起來呆呆的，這好像是我第一次看到小澈穿西裝吧？』

「這也是我第一次看到妳變孕婦啊。」

『看到你真好，真的。』

「拜託別講肉麻話啦。」

『呵！還是老樣子嘛、你這傢伙。』

「妳也還是一樣笨啊，肚子已經這麼腫了還特地跑來吃喜酒，敢在我的餐廳臨盆的話小心我把妳過肩摔。」

『要不是肚子這麼大了，我真的很想跟你擁抱一下耶！因為你對我而言、真的很不一樣。』

「好了啦，再說肉麻話小心我揍妳。」強忍住害羞的、我說：「再說，誰想跟個大肚婆擁抱啊。」

『過分。』

『林澈一！你有沒有看到我的包包啊？』在餐廳的另一頭，每個人都聽到張暖晨遠遠的喊著我：『我的紙筆放在包包裡啦！還是你們櫃檯有沒有？』

「跟妳講幾次別在餐廳裡這樣吼啦！丟臉！」

『呿～』

『好像看到不一樣的小澈。』云瑄忍俊不住的笑著說：『你們真的很一對。』

「怎麼有種被汙辱的挫折感？」

『少來，你明明很愛她吧。』

「這麼明顯？」

『是啊。』

「走吧。」

『嗯？』

「去救妳孩子的爸，免得他慘遭囉嗦攻勢。」挽起云瑄的手，我說：「順便當著那女人的面聊聊為什麼有人在第一次接吻的時候手裡要握著一根蒼蠅拍。」

『蒼蠅拍？』

「說來話長。」而且：「當面羞辱她比較好玩。」

『呵。』

穿過人群，我們一邊聊著一邊慢慢的走向餐廳那端的他們，或者應該說是，走向我們各自的幸福歸屬。

The End

特別收錄——

橘子部落格精選文字與對話

愛與被愛

September 14, 2007

她問我愛與被愛哪個幸福？

這是個愛情裡的老問題，不過從來沒有過標準答案，沒有過，也不會有。

因為最近寂寞美學3的《我想要的，只是一個擁抱而已》剛好稍微提到這個，而且今晚和朋友剛好聊到這個，是關於宅男、網戀、情殺（剛好這三個題材，我都不太寫，因為很不喜歡）的那個社會新聞，於是很有感觸的立刻回答一下。

愛一個人，同時被對方愛著，這最幸福。

這句官方回答當然不會是我的答案，雖然我好像曾經寫在《不哭》裡過，不過小說是小說，現實是現實，不一樣。

如果硬要選一個、也只能選一個的話，我想我會選擇愛人；因為，我可以選擇愛誰，卻沒有辦法選擇被誰所愛，這大概是這方面的意思。

並且，如果被一個我不愛的人愛著，那實在是一件很煩人而且搞不好可怕的事，所以，如果遇到對方抱持著交往的前提來愛我，通常我會希望他先問清楚我有沒有希望被愛的這件事情，不過還好的是，因為橘某人戀愛運很差的關係，所以不太有這方面的困擾。

嘖，雖然是個事實，但怎麼寫出來感覺這麼心酸？

娘的！

我所謂的感情潔癖，大概也有這方面的意思，雖然至今我依舊無法正確明白的解釋何謂感情潔癖；因為不會解釋，所以只好把它寫成小說。

不愛就是不愛，不假裝愛，不利用愛，也不被愛利用。

《妳在誰身邊，都是我心底的缺》裡，透過詩茵對陳浩說的類似的這句話，其實就是我最大的感情觀點。

還有，我不是兩性作家。

回應

＊《我想要的，只是一個擁抱而已》，好剛好的書名，好心底的一句話，還沒有機會説出口的一句話。當夜太深的時候，我總是會繞來這裡看看。當心太痛的時候，我總是希望手邊有一本橘子的新書。那是一種逃避、也是一種救贖。當現實裡的愛情太小説，有時候，我很害怕我必須花掉一生才能了解那最終的結局。謝謝妳橘子。因為妳讓我知道我還有其他選擇。

克萊兒 於 September 14, 2007 04:22 a.m.回應

＊不是兩性作家，但絕對是曖昧達人ＸＤ

canvasyne 於 September 14, 2007 10:12 a.m.回應

＊愛與被愛呀……其實我的選擇也是愛人^^就像橘子說的，我能夠選擇自己想愛的人，卻無法選擇愛自己的人。即使那個人不愛我，又或者我愛的比他愛我多，其實我自己願意為他付出那才是真的。愛一個人，就是不要回報，如果你付出了一切，卻想要得到對方的付出，那是多麼累人的事情。

小貓 於 September 14, 2007 10:30 a.m.回應

＊愛與被愛，好像是愛情裡大家非常喜歡問的問題。愛人有愛人的美好，被愛有被愛的喜悅。不論愛與被愛，擁有愛，就是一件幸福的事了。橘子姐姐妳認同嗎？

ilrain4ever 於 September 14, 2007 10:34 a.m.回應

＊嗯，的確。如果妳是兩性作家的話，我大概就不會肖想看妳的書了。

touch-rabbit 於 September 14, 2007 12:25 p.m.回應

*《我想要的，只是一個擁抱而已》這書名令人覺得好懷念過往，愛與被愛有著不一樣的感覺，與其說被愛是幸福的，不如說因為愛不到，令人更想嚮往吧。

farling 於 September 14, 2007 12:44 p.m.回應

*愛與被愛，如果同時擁有雙方，但只限定我跟你那多好。可惜常是有一段真心，卻老是沒辦法永恆。在妳《只是好朋友?!》的書裡，我體會到朋友變情人，情人變朋友，也許中間走得很辛苦，但變成朋友後卻讓我不後悔。因為我也了解那種珍貴，所以我會期待妳的《我想要的，只是一個擁抱而已》。在最傷最難過時一個擁抱可以有很多意義，一起加油吧!

yu621 於 September 14, 2007 12:49 p.m.回應

*受傷前，選擇愛人，很勇敢的向前衝去愛一個人!受傷過，選擇被愛，懦弱的被愛著。有時很討厭這樣不勇敢的自己，卻不斷的懦弱……

stellayu5 於 September 14, 2007 12:57 p.m.回應

*愛是種負擔，只是當負擔不是自己所想要的，也不是甘願承受的，那再怎麼樣，終究是負擔而不會成為愛。愛人很辛苦，但被愛或許更是。有時一個不小心無心的動作話語，即使無意，卻會擴大成好大好大的傷害。我選擇愛人，甜蜜的負擔，終究心甘情願甜蜜。

海~~ 於 September 14, 2007 01:46 p.m.回應

*我想愛不愛對我來說從來不是重點，可能因為我不是很看重愛情，不喜歡被愛的負擔，不喜歡愛人的承擔。懶惰不是理由，但是是個很好的藉口。我藉口不喜歡、不願意、不重要，我想懶得愛對我來說，才是個明顯的藉口。

藍色咖啡因 於 September 14, 2007 05:00 p.m.回應

*我在被愛的時候覺得還是愛著一個人比較好，才能算是愛。而愛著一個人的時候卻又覺得還是被愛比較好，沒那麼累那麼狼狽。卻沒有同時全心全意的愛一個人也同時被一個人全心全意的愛著。因為總是在錯過，關於心和心之間的交流。

yui 於 September 14, 2007 06:43 p.m.回應

＊都好，都很幸福。但是受傷，也是兩方。

sean830 於 September 14, 2007 08:44 p.m.回應

＊被愛的感覺很怪，是困擾，真的很困擾，偏偏在不對的時候走上門。如果是我，我也會選擇愛人，至少我知道我要的是什麼。

羽 於 September 14, 2007 11:16 p.m.回應

＊愛人與被愛，感覺會很不一樣。總是聽人說，愛人是痛苦的，被愛是幸福的。可是有些情侶還是一樣過得很幸福，可能單身的人總會有不一樣的待遇，不過那都是在談愛過程中的一部分，愛與不愛由自己抉擇，選擇自己所愛，接納別人所愛。

橘子，我支持妳。

lovermp52 於 September 15, 2007 01:30 a.m.回應

*我也是選愛人~~但如果對方也愛你~~我也會很享受被愛的感覺呢~~萬一被愛的對方是個恐怖的暴力狂~~那是連命都不保耶~~還是愛人比較好~~當然對方是很不錯你也愛他的話~~享受一下被愛的感覺也是很棒滴唷~~

cici0224 於 September 15, 2007 10:20 p.m.回應

*我也覺得愛人比被愛好，至少我可以選擇我愛的人，卻不能選擇愛我的人。如果你愛的人正巧也愛著你，那是幸運的！我喜歡橘子寫的【愛與被愛】，和我想的差不多：）

pei hsuan ? 於 September 15, 2007 11:09 p.m.回應

*愛與被愛?我要選哪一個?我想一定會選被愛，選被愛是幸福的。也是最甜蜜的回憶，也是快樂的記憶，至少我們有真心付出過，對吧！選擇愛人，一定不會很幸福，只有帶來的痛苦，不是嗎?

ellen5230 於 September 19, 2007 12:26 p.m.回應

＊如果要從中挑一個，我也會選擇愛人的一方。但，我無法選擇對方是否愛我。如果真的無法相愛，那也只能選擇放手。到頭來，也許只是一場空，只是我所演的獨角戲。愛與被愛，我還是不懂誰比較幸福。

bleach7425 於 September 22, 2007 05:08 p.m.回應

＊曾經有人問過我：「如果有一個愛妳妳卻不愛他的人和妳愛他他卻不愛妳的人，那妳要選哪個？」我說：「我應該會選……愛他他卻不愛我那個。」因為我的想法跟妳一樣。我寧願選擇愛人也不要選擇一個我不愛的人愛我，就算我愛的人他不愛我，但至少，我愛他。

君？？於 September 23, 2007 04:05 p.m.回應

＊同樣這個問題我問過身邊很多人了，但只有一個男生和我一樣選擇去愛人，其他人的理由很爛卻也很真實：從付出到被傷，好痛。但不痛，怎知道我們愛過？

Soda Pop 於 September 24, 2007 05:07 a.m.回應

*愛與被愛或許都是一種幸福，但如果愛與被愛只能選擇一方的話，我想我會選擇愛人吧！瘋狂的談上一場戀愛，哪怕是會遍體鱗傷。

王小嵐 於 September 27, 2007 07:42 p.m.回應

*或許被愛與愛都是一種幸福。

旖旎 於 October 17, 2007 11:47 a.m.回應

*愛與被愛我選擇被愛，因為愛一個人太辛苦了。被愛，至少不會那麼累。

a8831302 於 October 18, 2007 06:18 p.m.回應

*還是同意妳的說法。愛人可以選擇愛誰，被愛卻不能選擇。即使不被愛著的人喜歡，看著他幸福，那也是種幸福。

桃 於 October 23, 2007 09:36 a.m.回應

＊愛人與被愛也許是一體兩面的，不少人選擇是愛人，不選擇被愛。但現實並非那麼美好，相愛對在感情中受傷的人來說，也許是種奇蹟。當你去愛一個人，而不選擇被愛時。愛你的那個人的心情，和你去愛一個人有何差別？被你所愛的人和不選擇被愛的你心情又有何差別？同樣的心情同樣的感受，為何愛人、被愛只能二擇一？為何愛人不能因為被愛而相愛？為何被愛不能因為愛人而相愛？人是會變的，當被愛當下，也許你不接受，但又為何不能給對方一個機會？就像當你在愛人時，心中也一定希望對方給自己機會。也許只懂得愛人是沒辦法被愛，也許只懂得被愛是沒辦法愛人。因為愛人就可能被傷，被愛就可能傷人。愛人與被愛是不可分的一體兩面，缺少了任一方，都只會是傷害，不管是傷人還被傷。

syuu 於 October 23, 2007 07:41 p.m.回應

＊被自己不喜歡的人愛上了，就註定得傷了一個人的心。看著喜歡自己的人因為自己難過，其實很難受很難受。

secretxd 於 October 25, 2007 07:12 p.m.回應

＊愛與被愛真的是一件難事，想愛人又想被愛；愛人是辛苦，但有時被愛更痛苦，因為他出現的時間不對或是可說今世無緣吧！咖啡要在對的時間喝才好喝，如果在不對的時間喝就苦了。我覺得愛與被愛重點是出現的時間吧。緣分也很重要，會遇見誰是已註定好的事，誰與誰在一起誰傷了誰也是無法改變的事。

cynthia 於 November 16, 2007 01:00 p.m.回應

妳的愛情，我在裡面橘子作. -- 初版
-- 臺北市：春天出版國際, 2008. 07
面；　公分. --（橘子作品集；20）
ISBN 978-986-6675-32-4（平裝）
857.7　　　97009035
國家圖書館出版品預行編目資料

妳的愛情，我在裡面

橘子作品集 20

作　　者◎橘子
企劃主編◎莊宜勳
封面設計◎克里斯

發 行 人◎蘇彥誠
出 版 者◎春天出版國際文化有限公司
地　　址◎台北市信義路四段458號3樓
電　　話◎02-7718-0898
傳　　眞◎02-7718-2388
E-mail　◎frank.spring@msa.hinet.net
網　　址◎http://www.bookspring.com.tw
部 落 格◎http://blog.pixnet.net/bookspring
郵政帳號◎19705538
戶　　名◎春天出版國際文化有限公司
法律顧問◎蕭顯忠律師事務所
出版日期◎二〇〇八年七月初版一刷
　　　　◎二〇一五年八月初版65刷
定　　價◎220元

總 經 銷◎楨德圖書事業有限公司
地　　址◎新北市新店區寶興路45巷6弄6號5樓
電　　話◎02-8919-3186
傳　　眞◎02-8914-5524
排　　版◎浩瀚電腦排版股份有限公司
印 刷 所◎鴻霖印刷傳媒股份有限公司

ISBN 978-986-6675-32-4
Printed in Taiwan